JN211582

心霊探偵八雲

ANOTHER FILES 亡霊の願い

神永 学

角川文庫
20215

PSYCHIC DETECTIVE YAKUMO

MANABU KAMINAGA

ANOTHER FILES 亡霊の願い

主な登場人物

斉藤八雲 ……………… 大学生。死者の魂を見ることができる。

小沢晴香 ……………… 八雲と同じ大学に通う学生。八雲を想っている。

後藤和利 ……………… 刑事。八雲とは昔からの馴染み。

石井雄太郎 …………… 後藤を慕う刑事。すぐ転ぶ。

劇場の亡霊

ファイル(I)

FILE: I

1

月が出ていた――。

赤みを帯びた半円の月が、ぽっかりと夜空に浮かんでいる。

それを囲うように、筋状の雲がかかっていて、まるで人の目のように見えた。

広瀬羽美《ひろせうみ》は、乾いた風にぶるっと身を震わせながら、衣装の入った段ボール箱を抱えて、大講堂に向かっていた。

もうすぐ、大学の学園祭が始まる。羽美の所属する演劇サークルは、大講堂で芝居を上演することになっている。

これまでは、サークルの狭い部屋での練習だったが、明後日《あさって》からはリハーサルに移る。本番さながらの稽古《けいこ》ができることは、嬉《うれ》しい限りだが、衣装やら小道具やらの運搬が間に合わず、遅い時間になってしまった。

「こんなの一年にやらせればいいのに……」

羽美の横を歩きながら、不満を口にしたのは絵里子《えりこ》だった。

「しょうがないよ。人手が足りないんだから」

窘《たしな》めるように言った羽美だったが、絵里子の不満は収まらなかった。

「だったら、智子《ともこ》も手伝うべきじゃない。一年なんだからさ。主演女優だか何だか知らないけど、調子に乗ってるって感じ」

「文句は、終わったら聞いてあげるから」

「羽美は平気なの？」

「何が？」

「だってさ、おかしくない？」

「だから何が？」

「主演は、絶対に羽美がやるべきだと思う」

「そんなことないよ。部長の黒川《くろかわ》さんが決めたことだから……」

「そこが問題なんだよ」

「どうして？」

羽美は、分かっていながらも敢《あ》えて訊《たず》ねた。

「あの二人、付き合ってるんでしょ。公私混同もいいところだよ」

「黒川さんは、公私混同するような人じゃないし……」

そう言って笑みを浮かべたものの、自分でも分かるくらいぎこちないものになってしまった。

何も、主演だけが芝居を創るわけではない。全ての役が、重要であることは承知している。

それでも、智子が主演に選ばれたのは、演出を務める黒川の恋人だから——と勘ぐってしまう部分がある。

何より、そう考えてしまう自分自身が嫌だった。

「とにかく、さっさと運んでしまいましょう」

羽美は、溜息《ためいき》交じりに言いながら、大講堂の中に足を踏み入れた。

エントランスを抜け、奥に向かう。青白い蛍光灯の光に照らされて、狭い廊下が続いている。

羽美は、わずかに息を呑《の》んだ。

毎度のことだが、この廊下は何だか不気味な感じがする。圧倒的に光量が足りず、薄暗いだけでなく、黴臭《かびくさ》い空気が沈殿しているようだ。

とはいえ、立って惚《ほう》けているわけにもいかない。羽美は、廊下を歩き出した。

「でもさ、何でわざわざ不吉なシナリオを選んだんだろうね」

半分ほど進んだところで、絵里子が口にした。

「不吉？」

歩きながら聞き返す。

「そう。聞いたことあるでしょ。呪われたシナリオの噂――」

「ああ……」

羽美は曖昧《あいまい》に返事をした。

今回、上演される演目は「裁きの塔」という作品だ。何でも、十年くらい前、演劇サークルの部員だった人が書き上げたものらしい。

シェイクスピアのハムレットをベースに、男女の愛憎を描いた作品だ。

それだけなら、別にどうということはないのだが、問題はそのシナリオの後日談だ。

シナリオを書いたのは、鈴木《すずき》という人物らしいのだが、彼は、自分の作品の上演を見ることなく、死んでしまった。

大講堂でリハーサル中に、照明器具が落下し、彼の頭を直撃したらしい。

結局、上演自体が中止になった。

それ以降、何度か上演の話が持ち上がったこともあるらしいのだが、その度に、主演が怪我をしたり、セットが壊れたりと、様々なトラブルが発生して、これまで上演に漕《こ》ぎ着けたことは一度もないという話だった。

演劇サークルの中で、「裁きの塔」は、呪われたシナリオとして語り継がれるようになっていた。

「わざわざ、十年も前の呪われたシナリオを引っ張り出さなくてもいいのに……」

絵里子が口を尖《とが》らせながら言う。

「でも、いい作品だよ」

取り繕ったわけではなく、羽美の率直な感想だった。

初めてシナリオを読んだとき、羽美は鳥肌が立った。それほどまでに、胸に迫る作品だった。

だからこそ、主演を勝ち取りたかったという思いもある。それが、智子に対するわずかな嫉妬《しっと》に繋《つな》がっているのかもしれない。

羽美は溜息を吐き、一度段ボール箱を床に置いてから、廊下の突き当たりにある鉄扉のレバー式のノブを回した。

ガチャッという音が響いたあと扉が開く。

扉の向こうは舞台袖《そで》になっていて、真っ暗な空間が広がっていた。

壁に設置してある電気のスイッチを入れる。だが、どういうわけか、明かりが点《つ》かなかった。

さっき、絵里子が妙なことを言ったせいで、変に意識してしまう。

まあ、そんなことをいちいち気にしていても仕方ない。段ボール箱を舞台袖の奥に置いてくるだけだ。廊下から差し込む光だけでも事足りる。

「きゃっ！」

急に、絵里子が悲鳴を上げて段ボール箱を落とした。

「どうしたの？」

「聞こえなかった？」

「何が？」

「声――」

「え？」

「男の人の声で、殺してやる――って……」

絵里子が、硬い表情で言う。

羽美は、じっと耳を澄ましてみる。換気ダクトが、ごぉっと唸《うな》る音がしたが、それだけだった。

「気のせいだよ」

「違うよ。聞こえたのよ。本当に」

最初、冗談かと思ったが、それにしては絵里子の表情は、切羽詰まっている。

「でも……」

言いかけた羽美の声を、絵里子の悲鳴が掻《か》き消した。

絵里子は、尻餅《しりもち》をついて、ぶるぶると震えながら怯《おび》えた視線を羽美に向けている。

「どうしたの？」

「今、見えたの……」

「見えた？」

「男の人が、そ、そこに……」

絵里子はそう言って、舞台袖の奥を指差した。

羽美は、おそるおそる振り返ってみたが、そこには誰もいない。いるはずがないのだ。

絵里子は、少しナーバスになっているだけだ。

「大丈夫だよ」

羽美は、努めて明るく言うが、絵里子は聞き入れようとしない。

「やっぱり誰かいるって……」

「平気だって」

「ヤバいよ。これって、シナリオの呪いなのかも」

「そんなの、あるわけないよ」

「私、もうヤダ!」

絵里子は、両手で耳を塞《ふさ》ぎ、ぐっと身体を硬くする。

こうなってしまっては、無理に連れて行くのも難しい。羽美が往復して、絵里子の分の段ボール箱を運べば、それで済むことだ。

「ちょっと待ってて」

羽美は絵里子に告げると、段ボール箱を持って、奥へと進んでいく。

急いで段ボール箱を置きに行こうとしたところで、バタンと音がした。

それと同時に、舞台袖が完全な闇に包まれる。鉄扉が閉まり、廊下の明かりが遮断されてしまったのだ。

もしかして、絵里子が怖がらせようとしてやっているのだろうか。

「絵里子! 冗談は止めてよ!」

羽美は声を上げたが、絵里子からの返事はなかった。

「ちょっと! いい加減にしてよ!」

段ボール箱をその場に置き、扉を探す。

だが、なかなか見つからない。

「絵里子！　開けてよ！」

必死に呼びかけたが、やはり返事はない。

あまりの怖さに、涙が出てきた。悪戯《いたずら》にしては、やり過ぎだ。

「本当に止めてよ……」

悲痛な声を上げたところで、カタンッと何かが倒れるような音がした。

ビクッと肩を震わせる。

音が聞こえたのは、扉の方ではない。明らかにステージの方だった。

――男の人が、そ、そこに……。

さっきの絵里子の言葉が、脳裏に蘇《よみがえ》る。

見たくない。見たくないのに、抗《あらが》えない力に引っ張られるように、顔がステージの方に向けられる。

そこには――。

黒い影があった。

絵里子かと思ったが違った。顔ははっきり見えないが、体格からして男であることは間違いない。

「な、何なの……」

羽美は、後退《あとずさ》りする。

が、足許《あしもと》にある何かに躓《つまず》き、そのまま尻餅をついてしまった。

痛みを堪《こら》えて顔を上げた羽美は、思わず息を止めた。

さっきの黒い影が、いつの間にか羽美のすぐ目の前まで来ていた。血走った目が、羽美を真っ直ぐに見据える。

羽美は悲鳴とともに意識を失った。

2

講義を終えた小沢晴香《おざわはるか》は、足早にB棟の裏手を抜けた——。

乾いた風が頬を撫《な》でていく。秋が深まったこともあり、冷たさを感じるが、それがまた心地いい。

学園祭が近いこともあり、あちこちにテントが設営され、それぞれのサークルが準備を進めている。

晴香も、所属するオーケストラサークルの演奏会があるので、本来なら練習に顔を出さなければならないのだが、今日は休みをもらっている。

どうしても、解決しなければならない問題があったからだ。

プレハブ二階建ての建物の前まで足を運んだ晴香は、一階の一番奥——〈映画研究同好会〉のプレートが掲げられたドアを開けた。

「やあ」

テーブルと椅子、それに冷蔵庫に寝袋が置いてある。サークルの部屋というより、個人の部屋といった感じだ。

実際、〈映画研究同好会〉とは名ばかりで、ここには一人の学生が文字通り住んでいる。

学生課に適当な書類を出し、自らの部屋として棲《す》み着いているのだ。

「何だ。君か――」

定位置である椅子に座っていた部屋の主《あるじ》、斉藤《さいとう》八雲《やくも》が、いかにも気怠《けだる》げに声を上げた。

白いシャツにジーンズという、ラフな出《い》で立ちをしている。整った顔立ちをしているが、髪は寝グセだらけで、何とも無精な感じがしてしまう。

今は、黒いコンタクトレンズで隠しているが、八雲の左眼は、鮮やかな赤い色に染まっている。

それだけではなく、その赤い左眼は、死者の魂を見ることができる。

そんな特異な体質を活《い》かし、これまでに、様々な心霊事件を解決してきた。

晴香が八雲と出会ったのも、ある心霊事件がきっかけだった。八雲は、幽霊が現世を彷徨《さまよ》っている原因を見つけ出しただけでなく、表面化することのなかった殺人事件まで解き明かしたのだ。

それ以来、晴香は八雲と幾つもの事件にかかわってきた。

「何だ──はないでしょ。せっかく来たのに」

晴香が言うと、八雲はわずかに顔を上げた。

「頼んだ覚えはない。嫌なら、さっさと出ていけばいい」

八雲は、細く長い指でドアを指差す。

頭にくるもの言いだが、こんなことでいちいち腹を立てていては、八雲の相手は務まらない。

晴香は苦笑いを浮かべつつも、八雲の向かいの席に座った。

「ねぇ、八雲君。演劇とかって興味ある？」

少し間を置いてから、晴香はそれとなく訊《たず》ねてみる。

その途端、八雲は汚いものでも見るような視線を晴香に向ける。

「言っておくが、ぼくは引き受けないぞ」

八雲がピシャリと言う。

「まだ、何も言ってないけど……」

「言わなくても分かる。どうせ、君のことだから、演劇サークルの友だちあたりが、大講堂とかで幽霊を目撃して、その相談を引き受けて来たんだろ」

八雲の洞察力が優れているのは、前々から知っていたが、それにしてもドンピシャだ。

「どうして、そう思うの？」

一応、訊ねてみた。

「君は超が付くほど単純だ。自覚した方がいい」

「どうせ、私は単純ですよ。……っていうか、説明になってないし」

晴香が抗議すると、八雲は、やれやれといった感じで溜息《ためいき》を吐いたあとに口を開いた。

「理由は簡単だ。君は、何か頼み事があるとき『やあ』とすっとぼけた挨拶《あいさつ》をしながら、部屋に入ってくるんだ」

「そうだっけ……」

曖昧《あいまい》に言ってみたものの、自覚がないわけではない。

「どうして、演劇サークルの友だちが、大講堂で幽霊を見たって分かったの？」

頼み事があるのがバレたのは仕方ないにしても、そこまで正確に言い当てられたのはなぜだろう？

「その程度のことは、猿でも分かる」

「猿って……」

「いいか、君は唐突に演劇の話を始めたんだ。普段から、演劇を鑑賞する趣味があったとは思えない。演劇サークルに所属している友だちからの依頼だと推察される」

言われてみれば唐突だったかもしれない。

「大講堂だって分かったのはどうして？」

「学園祭で、演劇は全て大講堂で上演するんだろ。そろそろリハーサルを始めている頃だろうから、タイミング的にみても、目撃したのは大講堂——ということになる」

理路整然とした八雲の説明に、ぐうの音も出ない。

さすがというか、何というか——何にしても、そこまで分かってくれているのなら、話は早い。

「実は、八雲君の言う通りなの。同じゼミの羽美が、二日前に大講堂で幽霊を見たらしいの。それ以来、大講堂で妙な現象が起きるようになったって……このままだと、公演にも支障が出るし、何とか助けて欲しいの」

懇願する晴香を一瞥《いちべつ》したあと、八雲は「断る！」と一蹴《いっしゅう》する。

「お願い！」

晴香は、両手を合わせて、ずいっと身を乗り出す。

「気色の悪い顔を、それ以上近づけるな」

——よりにもよって気色悪いって。

「私、一応、女の子なんですけど……」

「だから？」

「だからって……失礼だと思わない？」

「思ってたら言わない」

八雲がキッパリと言う。

一気に落ち込んだ。とはいえ、ここで引き下がるわけにはいかない。

「とにかく──助けて欲しいの」

「他の奴に頼め」

「八雲君じゃないと駄目なの。お願い──」

晴香は、深々と頭を下げる。

「だから断ると言っているだろ」

「そんな……もうOKしちゃったのに……」

「そうやって安請け合いするから、トラブルメーカーと言われるんだ」

「でも、放っておけないでしょ」

「そういうボランティア精神は、ゴミ箱にでも捨ててこい」

八雲が、蝿でも追い払うようにひらひらと手を振る。

その態度を見て「おっ」となった。

「そんなに多くはないけど、今回、ちゃんと報酬が出るよ。このままだと、羽美は公演どころじゃないから……」

晴香が口にすると、八雲がぐいっと左の眉《まゆ》を吊《つ》り上げた。話に食いついた──そう思ったのは、一瞬のことだった。

「君は、金に目が眩《くら》んでトラブルを引き受けたのか？」

八雲が、冷ややかな視線を向けてくる。

「そういうわけじゃないよ」

「だが、今、報酬の話をしただろ。ずいぶんとがめついんだな」

「いっつも、お金を気にするのは八雲君じゃない！」

晴香は、声を上げて怒りをぶつけた。

八雲の言い方では、まるで金の亡者みたいな扱いだ。

「ムキになるなよ」

「別に、ムキになんてなってません。もう、頼まないからいいです」

晴香は、ドンと両手でテーブルを叩《たた》きながら立ち上がり、ドアに向かった。

今から断るのは気が引けるけど、八雲にやる気がない以上、どうにもならない。なんとかしたいが、晴香は、八雲のように死者の魂を見ることはできない。

勢いで「もう頼まない——」などと言ってしまったものの、晴香一人では、何もできないのが実情だ。

「それで、報酬は幾らなんだ？」

晴香は、八雲の声に反応して振り返った。

報酬に目が眩んだのか、それとも晴香を気の毒に思ったのかは分からないが、かかわる気になってくれたようだ。

3

晴香は、八雲と一緒に大講堂に向かった――。

歩きながら、晴香の脳裏に、一つの疑問が浮かんだ。

「ねぇ、八雲君」

声をかけると、八雲は「何だ」と短く返してくる。

「今回の事件って、少し妙だと思わない？」

〈映画研究同好会〉の部屋を出る前に、八雲には事件のあらましを説明しておいた。

相談者である羽美は、今回の心霊現象が、呪われたシナリオに起因するものだと考えていた。

このまま上演に向かえば、必ず誰かが犠牲になると過度に心配している。

「何が妙なんだ？」

「だって……シナリオが呪われているなんて、聞いたことないし……」

晴香が口にすると、八雲はこれみよがしに溜息を吐いてみせた。

「君は、胡散臭《うさんくさ》い話だと分かっていながら、安請け合いしたのか？」

「そうは言ってないじゃない。ただ、そういうことってあるのかなって気になったの」

晴香が主張すると、八雲は尖《とが》った顎《あご》に手を当て、「うむ」と一つ唸《うな》った。

「ないこともない」

「え？」

「昔は、付喪神《つくもがみ》といったらしい」

「付喪神？」

耳にしたことはあるが、具体的にどういったものなのかは知らない。

「物に宿る、神や霊魂のことだ」

「じゃあ、今回はシナリオに幽霊がとり憑《つ》いて……」

「君は、救いようのないアホだな」

八雲が、晴香の言葉を遮るように言った。

アホと言われるほど、おかしなことを言った覚えはない。

「だって、今、八雲君が言ったんじゃない」

「それがアホだと言っているんだ。そういうことがある――と言っただけで、今回の一件が、それに当てはまるとは言っていない」

八雲の言う通りだ。

何も分かっていないのに、先入観だけで物事を捉《とら》えると、本質を見失う。八雲が、よく口にしていることだ。

ただ、素直に認める気にはなれない。

「そうかもしれないけど、因縁めいたものも感じるでしょ。これまで、そのシナリオを上演しようとすると、ことごとく災いが生じたって言うし……」

「確認したのか？」

「え？」

「何時《いつ》、そのシナリオを上演しようとして、具体的に、どんな事象が発生したのか、確認したのか——って訊《き》いてるんだ」

「それは……」

「噂に振り回されていては、それこそ真実を見失う。そもそも、その手の噂は、尾ひれがつくものだからな」

——仰《おっしゃ》る通り。

完全に論破されてしまった。やはり、口では八雲に勝てない。意気消沈しながら歩いていると、大講堂が見えてきた。

「大講堂って、入学式のときに使ったよね？」

晴香は、ふと思い返しながら口にした。

入学式は大講堂で行われた。期待と不安が入り交じり、ガチガチに緊張した状態で出席していたような気がする。

「確かそうだったな」

八雲が頷《うなず》く。

思えば、あのとき、八雲も同じ会場にいたのだ。もしかしたら、すれ違っていたかもしれない。

そう思うと、何だか嬉《うれ》しい気持ちになってきた。

と、今はそんな妄想をしているときではない。引っかかったのは別のことだ。

「入学式のとき、幽霊を見たりした?」

幽霊が、シナリオに憑いているのではなく、大講堂に棲《す》み着いているとしたら、八雲は見ているはずだ。

「いや」

八雲は首を振った。

「つまり、大講堂には幽霊がいないってこと?」

晴香が訊《たず》ねると、八雲は大きなあくびをしながら、寝グセだらけの髪をかいた。

「そうは言ってない」

「でも……」

「幽霊が現れるようになったのは、入学式後かもしれない。それに、幽霊だって、常に同じ場所にいるとは限らない」

「あっ、そうか……」

八雲の言う通りだ。

色々な可能性があるのだから、入学式のときに幽霊を見ていないからといって、そこにいないとは断定できない。

「まあ、そもそもぼくは入学式に参列していない」

八雲がさらりと言った。

「え? 何で?」

「面倒臭いからに決まってるだろう」

もしかしたら、八雲と顔を合わせていたかも——などと妄想していた分、拍子抜けした感がある。

まあ、八雲はこういう人だ。マイペースで、効率の悪いことを嫌う。講義にしたって、進級に必要な最低限しか出ずに、あとは好き勝手やっているのだ。

などと考えているうちに、大講堂の前に辿《たど》り着いた。

「晴香——」

一人の女子学生が、晴香の許《もと》に駆け寄ってきた。

羽美だった。演劇サークルで活躍しているだけあって、目鼻立ちがくっきりしていて、どことなく華がある。

「ちょっと遅くなっちゃったね」

「平気」

「あっ、こちらは斉藤八雲君。いわゆる心霊関係に詳しいの——」

晴香が紹介すると、八雲は「どうも」と軽く会釈をする。いつもより、愛想がいいように見えるのは、報酬に目が眩んでいるからなのか、それとも、羽美が美人だからだろうか？

羽美は自己紹介したあと、「よろしくお願いします」と丁寧に頭を下げた。

普段から、魅力的な羽美だが、不安げな様子は、余計に彼女の魅力を引き立てているようにみえる。

庇護《ひご》欲をそそる感じだ。

自分も、こんな風に素直に弱さを見せられたら、もっと八雲との距離も近くなるのかもしれない——などと関係ないことに考えを巡らせてしまった。

「それで、幽霊が出たというのは、どこですか？」

八雲が淡々とした口調で本題に入った。

4

「こっちです」

羽美に案内されるかたちで、晴香は八雲と並んで大講堂に足を踏み入れた。

エントランスホールでは、何人かの学生が、準備に追われているらしく、慌ただしく動き回っていた。

「羽美ちゃん——」

ジャージ姿の男子学生が、手を挙げながら声をかけてきた。

「永見《ながみ》さん」

羽美が、小さく笑みを浮かべながら応じる。

「顔色が悪いみたいだけど、大丈夫？」

男子学生が、羽美の顔を覗《のぞ》き込むようにして訊ねる。

「はい。大丈夫です」

「もしかして、例の件でまだ悩んでるの？」

「いえ、そういうわけでは……」

「困ったことがあったら、いつでも相談乗るからさ。遠慮なく言ってよ」

男子学生は、ポンポンと羽美の肩を叩《たた》いたあと、その場を立ち去った。

「今の人は？」

晴香は、男子学生の背中を見送りながら訊ねた。

「今度のお芝居で、恋人役をやる永見さん」

羽美が答える。

「例の件って何？」

今のやり取りで、晴香が気になったのはそこだ。

「大したことじゃないの。ちょっと前に、誰かにつきまとわれているような気がして、永見さんに相談したことがあって……」

羽美は苦い顔をしている。

詳しい事情は分からないが、この反応からして、どうやら羽美は永見に相談したことを後悔しているようだ。

もしかしたら、今回の一件と、何か関係があるのかもしれない。晴香は、八雲に視線を向けた。だが、当の八雲は特に気にする様子もなく「で、どこです？」と羽美を促した。

「こっちです」

羽美は奥の通路の前まで案内すると、足を止めた。

「この先です――」

羽美がか細い声で言いながら、真っ直ぐ延びる廊下を指差した。廊下は、ホールの側面に沿って延びている。

窓がないせいもあるが、昼間だというのに、何だか薄暗い廊下だった。

「幽霊を見たのはこの通路？」

晴香が訊ねると、羽美は小さく頭《かぶり》を振った。

「この廊下の先に鉄扉があるよね」

羽美が、そう言って廊下の向こうを指差した。

薄暗い廊下の先に、羽美の言うように、灰色に塗装された鉄扉が見えた。

「うん」

「あの鉄扉を開けた先が、舞台袖《そで》になっているんだけど……そこに……」

声が上ずっているだけでなく、華奢《きゃしゃ》な肩が、微《かす》かに震えている。事件の夜のことを思い起こしているのだろう。

この先には進みたくない、といった思いが、ありありと伝わってくる。

「さっさと案内してくれ」

八雲が淡々とした口調で言う。

その途端、羽美が「え！」と飛び跳ねるようにして声を上げた。

「いえ……私は……」

羽美は、力なく頭《こうべ》を垂れる。

「大丈夫？」

晴香が羽美の顔を覗き込むと、弱々しく首を左右に振った。

羽美も、今回の公演に出演するはずだ。準主役だという話だ。公演が始まれば、嫌でも舞台袖には行かなくてはならない。こんな状態では、とてもではないが、ステージに立てないだろう。

「まったく……」

八雲は、呟《つぶや》くように言うと、羽美に案内してもらうのを諦《あきら》めたらしく、廊下を歩いて行く。

晴香は、羽美に「ちょっと待ってて」と告げてから、八雲の背中を追いかけた。

廊下の壁は煤《すす》けていて、狭い上に、光量が足りず、陰湿な空気が充満しているようだった。

「何だか、気味が悪いわね」

晴香が口にすると、八雲はふんっと鼻を鳴らした。

「幽霊が出たって先入観が、そう思わせているんだ」

「でも、この廊下ってやけに暗くない？」

「大講堂やホールの廊下なんて、だいたいこんなものだろう」

八雲は、さらりと言うと何の迷いもなく、廊下を進んでいく。

言われてみればそうかもしれない。晴香が、これまでオーケストラサークルの演奏会等で足を運んだホールや大講堂の廊下は、だいたいこんな感じだった。

晴香は、気を取り直して八雲の背中を追いかけた。

「ここか——」

八雲は、廊下の突き当たりにある鉄扉の前で足を止める。

灰色に塗装されたその扉は、防音になっているのか、ずいぶんと重そうだ。

八雲が、無造作にレバータイプのドアノブに手をかけたところで、晴香は「ちょっと待って」と声をかけた。

「何だ？」

八雲が、いかにも迷惑そうに表情を歪《ゆが》める。

「大丈夫なの？」

「何が？」

「だって……幽霊が出たのは、この扉の向こうなんだよね」

開けた途端に、いきなり幽霊が飛び出してくる——みたいなことがあるかもしれない。

「それがどうした？」

「え？」

「幽霊くらいで、いちいち驚いていたら、生きてはいけない」

八雲がすっと目を細めながら言った。

「そうだったね……」

八雲の赤い左眼には、常に幽霊が見えている。以前に、幽霊などそこら中にいる——と言っていたのを思い出した。

八雲からしてみれば、幽霊は驚くような特別な存在ではなく、常にそこにいるものなのだ。

「何にしても、立ち止まっていたら何も分からない」

八雲は、退屈そうな大あくびとともに言うと、無造作に扉を開けた。

晴香は八雲の背中越しに、奥に通じる舞台袖に目を向ける。

暗く、穴のような空間がぽっかりと広がっていた。段ボール箱や、演台、椅子などが適当に置かれていて、雑然とした感じがする。

八雲は、舞台袖に足を踏み入れると、ぐるりと辺りを見回す。

「何か見えた？」

晴香が訊《たず》ねると、八雲はすっと目を細めた。

「何も——」

「ってことは、幽霊はいないってこと？」

「ああ。今は──という注釈が付くけどな」

さっき、八雲は「幽霊だって、常に同じ場所にいるとは限らない」と言ったばかりだ。

まだ、羽美の体験した心霊現象の真偽を確定するには早いということだろう。

晴香が考えを巡らせている間に、八雲はステージの方に向かって歩いて行ってしまう。

「あっ、待ってよ」

晴香は、慌てて八雲の後を追いかけた。

ステージには、ライトが当たっていて、何人かの学生によって、セットの建て込み作業が行われていた。

八雲は、その作業を横目に、ステージを悠然と歩き、反対側の舞台袖に向かう。

「ちょっと八雲君」

晴香が声をかけると、八雲が足を止めて振り返る。

「何だ？」

「何だ──じゃないわよ。勝手にステージに上がったら、怒られちゃうよ」

「別に平気だろ」

八雲は、肩を竦《すく》めるようにして言うと、作業を行っている学生たちに目を向けた。

晴香も同じように視線を向ける。どうやら、塔のようなものを組み立てているらしかった。

上演されるのが、どんな物語か分からないので、この塔がどんな役割を果たすのか、想像するしかないが、人が上ったりできるような、かなり本格的なセットのように見えた。

「そこで何してんの？」

急に声をかけられ、晴香はビクッと飛び上がる。

見ると、そこに一人の男が立っていた。グリーンのつなぎを着た、背の高い男だ。頬骨が浮き出るほどに痩《や》せていて、口の周りに髭《ひげ》を蓄えている。

「いえ、私は……」

「すみません。ちょっと見学させてもらっていました」

しどろもどろになる晴香に代わって、八雲が淀《よど》みなく答える。毎度のことだが、こういうときの八雲の臨機応変さには感心させられる。

普段は無愛想のクセに——。

「悪いけど、作業の邪魔になるから、どいてて」

男が言う。

——やっぱり怒られた。

「すみません。すぐにどきます……」

そう言って、ステージからぴょんっと降りた八雲は、一度は立ち去ろうとしたのだが、すぐに踵《きびす》を返して「あの……」とつなぎの男に声をかけた。

「何？」

「作業していて、妙なことは起きませんでしたか？」

八雲が口にした質問を聞き、晴香はなるほど——と納得する。

もし、舞台袖《そで》に幽霊が出るのだとしたら、作業をしているつなぎの男は、何か見ている可能性がある。

「妙なこと？」

男が首を傾げる。

「ええ。たとえば、幽霊を見た——とか」

八雲は、そう訊ねながら探るような視線を向ける。

「ああ、あれだろ。広瀬さんたちが、騒いでいたやつだろ」

男はしかめっ面で言った。

「ええ。何かご存じですか？」

「何かって？」

「あなた自身は幽霊を見ませんでしたか？」

八雲が言うと、男は声を上げて笑った。

「見てないね。きっと、彼女は疲れてるんだ」

「稽古《けいこ》がキツいんですか？」

「それもあるけど……きっと、納得していないから……」

男が遠くを見るように目を細めた。

「何に納得していないんですか？」

「悪いけど、他の人に訊《き》いてよ」

男は、つっけんどんに言うと、そのまま作業に戻って行った。

5

客席を抜けて、後方の扉からエントランスホールに出ると、ソファーに項垂《うなだ》れるように座っている羽美の姿が見えた。

「羽美」

晴香が声をかけると、羽美が顔を上げた。

やはり顔色がよくない。

「どうだった？」

羽美が、上ずった声で訊ねてくる。

残念ながら、晴香には返答のしようがない。助けを求めて八雲に視線を向ける。

「今、舞台袖には幽霊はいない」

八雲が、きっぱりと言う。

その途端、羽美の表情が険しいものに変わる。

「私、本当に見たんです……」

呼吸を荒くしながら、羽美が口にする。

「分かっている。何も君が嘘を吐いているとは言っていない」

八雲は、苛立《いらだ》たしげに、寝グセだらけの髪をガリガリとかきながら口にする。

「でも……」

「ぼくは、今はいない──と言っただけだ。幽霊は、自分が死んだ場所や、思い入れのある場所に縛られる傾向はあるが、それだって絶対じゃない。何かしらの理由で、場所を移動することだってある」

「そうなんですか？」

「あくまで、可能性の一つだが……」

「あの……私は、どうすれば……」

羽美が、八雲にすがりつくようにして言う。

「大丈夫だから、少し落ち着こう」

晴香は、羽美の隣に腰掛け、彼女の肩に手をかけた。

掌《てのひら》を通して、羽美の細い肩が小刻みに震えているのが伝わってきた。

「落ち着くなんて無理よ。だって、これからあの場所で稽古があるんだから……」

羽美が焦っているのは、それが原因か──と納得した。

稽古をする上で、舞台袖に行かないわけにはいかない。事件を解決しない限り、羽美はステージに立つことはできないだろう。

「八雲君。何とかならない？」

晴香が口にすると、八雲は軽く舌打ちをした。

「簡単に言うな」

「でも、こんなに怖がってるし……」

「分かってる。だけど、状況が分からないことには、手の施しようがない」

八雲の言っていることは正論だ。

とはいえ、こんな状態の羽美を放っておくことはできない。晴香が、そのことを主張すると、八雲はやれやれという風に息を吐いた。

「やれるだけのことはやってみる。だが、その前に、幾つか確認しておきたいことがある」

そう言って、八雲は羽美に真っ直ぐな視線を向けた。

羽美は、はっと息を呑《の》んだあと、戸惑いながら「何でしょう？」と口にする。

「まず、シナリオを貸して欲しい」

八雲が言うと、羽美はバッグの中から青い表紙のシナリオを取り出し、八雲に差し出した。

シナリオを受け取った八雲は、パラパラとページをめくる。

「もしかして、そのシナリオに何か秘密があるの？」

晴香が訊《たず》ねると、八雲は蔑《さげす》むような視線を向けてきた。

「何度も同じことを言わせるな」

「え？」

「そうやって、結論を急ぐから、いつも真実を見誤るんだ。今は、できるだけ多くの情報を集めて、現状を把握している段階だ」

八雲の言葉を受けて、晴香は少しばかり反省する。

言い方は気に入らないが、早く何とかしようとし過ぎて、空回りしてしまっていたように思う。

「ごめん」

晴香が素直に謝ると、八雲が意外そうに目を丸くした。

「明日《あした》は、雪が降るかもな」

「どうして？」

秋が深まったとはいえ、雪が降るには、まだ早すぎる。

「君が素直に謝るからだ」

八雲が飄々《ひょうひょう》と言う。

——私のことを、どんだけ頑固者だと思ってるんだ！

文句の一つも言ってやろうかと思ったが、止めておいた。下手に反論すれば、とんでもない罵《ば》詈《り》雑言《ぞうごん》となって返ってくるに違いない。

「それと、もう一つ——」

八雲が人差し指を立てながら言う。

「何でしょう？」

「もう一人はどうした？」

「え？」

「君が心霊現象を体験したとき、もう一人いたんだろ。そっちからも、色々と聞いてみたい」

八雲の説明を聞き、晴香は「なるほど——」と納得した。

羽美が心霊現象を体験したとき、もう一人、現場にいたということだった。

その人からも話を聞くことができれば、もっと多くの情報を仕入れることができるかもしれない。

羽美に目を向けると、彼女は今にも泣き出しそうな顔をしていた。

「それが……連絡が取れないんです」

震える声で羽美が言った。

「どういうこと？」

晴香は、勢い込んで訊ねた。

「学校に来てないみたいで……電話もしてみたんですけど、出てくれなくて……」

羽美の説明を聞きながら、晴香は嫌な予感がした。

もしかしたら、もう一人の人物に、何かあったのかもしれない。

「八雲君——」

晴香が声をかけると、八雲は大きく頷《うなず》いた。

「その女性の名前と住所は分かるか？」

八雲が訊ねると、羽美は携帯電話のアドレス帳を確認しながら、絵里子という名前と住所を告げた。

それを確認するなり、八雲は一旦《いったん》その場を離れ、携帯電話でどこかに電話をし始めた。

「もしかして、絵里子に何か起きてるの？」

羽美が、すがるような視線を向けながら訊ねてきた。

「それは……」

今は、何とも言いようがない。

それを確認する為に、今、八雲が動いているのだ。

「私、どうしたらいいの？」

羽美が、両手で顔を覆った。

「大丈夫だよ」

晴香は、声をかける。

だが、確証があって口にしているわけではない。単なる気休めの言葉だ。本当は、もっと気の利いたことを言うべきかもしれないが、今は何も思いつかない。

しばらくして、電話を終えた八雲が戻ってきた。

「八雲君」

晴香が声をかけると、八雲が小さく頷く。

「後藤《ごとう》さんたちに、絵里子という女性の家に、様子を見に行ってもらうことになった」

「そっか……」

後藤は、八雲と馴染《なじ》みの刑事で、これまで何度も一緒に事件を解決してきた。もちろん、八雲の赤い左眼のことも理解している。

取《あ》り敢えず、絵里子のことは、後藤に任せておけば大丈夫だろう。

「それで、この後はどうするの？」

晴香が訊ねると、八雲が苦い顔をした。

まだ状況がはっきりと見えてきていない。正直、手詰まりといったところかもしれない。

「そろそろ、リハーサルを始めます！」

スタッフと思《おぼ》しき学生が、声をかけてきた。

エントランスホールにいた学生たちが、次々とホールに入っていく。

羽美も立ち上がったものの、歩き出すことができず、身体を硬くしている。舞台袖《そで》に行くことが怖いのだろう。

「気持ちは分かるが、リハーサルに参加した方がいい」

言ったのは八雲だった。

「で、でも……」

羽美が下唇を嚙《か》む。

「少なくとも、さっき見た範囲では、舞台袖に幽霊はいなかった」

八雲が、すっと目を細めながら言う。

「いない……」

「ああ。だから、幽霊が何かを起こすということは、ないはずだ」

「ほ、本当ですか?」

羽美は、信じられないといった様子だ。

その気持ちは、痛いほどに分かる。いくら「大丈夫だ」と言われても、幽霊を見たときの恐怖が消えるわけではない。

「ぼくたちも、近くで見ている。何か起きたときは、すぐに駆けつける」

八雲が、力強い口調で言う。それでも羽美は迷っていた。

「広瀬!　何やってんだ?」

鋭い声がした。

目を向けると、ホールへと通じる扉のところに、一人の男が立っていた。

鰓《えら》の張った角張った顔立ちで、肩まである髪を後ろで束ねている。目つきが鋭く、神経質そうな印象のある男だ。

「演出の黒川さんです」

羽美が呟《つぶや》くように言った言葉で、合点がいった。あれが、演劇サークルの部長で、演出を務める黒川ということだ。

羽美の話では、今回主演を務める智子とは、恋人関係にあるらしい。

「広瀬だけだぞ。モタモタするな」

黒川は、大股《おおまた》で歩いて来て羽美に詰め寄る。

容赦のない口調だ。個人的に羽美に恨みがあるのでは――と勘ぐってしまうほど敵意に満ちているようだった。

「す、すみません……」

「さっさと準備をしろ！」

黒川が、羽美の背中をドンッと押した。

まだ納得していない感じの羽美だったが、追い立てられるようにホールの中に入って行った。

いくら部長とはいえ、今の態度はあんまりだ。

文句の一つも言ってやろうかと思ったのだが、それを制したのは八雲だった。

八雲は、黒川の前に立つと、余所《よそ》行きの笑みを浮かべる。

「すみません。少しだけ稽古《けいこ》を見学したいんですけど、よろしいですか？」

八雲の言葉に、黒川が露骨に嫌な顔をする。

「実は、ぼくは、大学が発行している広報誌のライターをやっているんです。今回の演劇サークルの公演を取り上げようと思っていまして——」

八雲がニコニコと愛想笑いのまま言った。

よくもまあ、こうもスラスラと嘘が吐けるものだと感心してしまう。

「そうは言ってもねぇ……。部外者がいると稽古の雰囲気が悪くなるんだ。それにおれたちの公演は理解できる人にだけ見てもらえればいい。見当違いの記事を載せられても困る」

「大丈夫です。邪魔はしませんし、掲載する記事は、事前にチェックして頂きますので、内容が気に入らないということであれば、ボツにして頂いて構いません」

八雲の押しに負けたのか、最後には黒川も首を縦に振った。

「何か、偉そうな人だね」

晴香は、ホールの中に入って行く黒川の背中を見送りながら、ポツリと口にした。

「彼は、天才肌らしいからな」

八雲は、あくびを嚙み殺しながら言う。

今の反応——。

「もしかして、知ってるの？」

「噂を耳にしたことがある。情熱は凄《すご》いけど、ああいう性格だから、ずいぶんと反感を

「何で？」

買っているらしい」

「そうなんだ……」

「そんなことより、ぼくたちも行くぞ」

八雲は、ホールに向かって歩いて行く。

「本当に大丈夫なの？」

晴香は、八雲の背中に向かって訊《たず》ねた。

「許可は取っただろ」

「そうじゃなくて、羽美のこと」

名前を出すと、八雲は一度足を止めて天井に目を向けた。

「たぶんな」

「たぶんって……そんな無責任な……」

「文句を言うな。今回の一件は、今のところ勘違いである可能性が高いんだ」

「勘違い？」

「そうだ。ぼくは、まだ彼女が証言した幽霊の姿を見ていない。それに、これといって心霊現象が起きたわけでもない」

「まあ、そうだけど……」

「現状では、彼女が過剰に反応しているだけだと考えるのが妥当だ」

八雲の言わんとしていることは分かる。

幽霊の存在に怯《おび》えているのは羽美だけだ。しかも、幽霊がいたという舞台袖に足を運んでみたが、八雲は幽霊の姿を見ていない。

だが、そうなると逆に引っかかることがある。

「だったら、何で八雲君はまだここにいるの？」

八雲の性格からして、心霊現象が確認できないなら、さっさと立ち去ってしまいそうなものだ。

「一応、報酬をもらう身だからな。料金分は働くさ」

八雲は、そう答えるとホールに入っていった。

——本当にそうだろうか？

晴香には、八雲が何かを感じ取っているように思えてならなかった。

6

晴香は、ホールの中央に位置する座席に座っていた——。

隣には八雲の姿もある。

椅子に深く腰掛け、真剣な表情でシナリオを読んでいる。

ステージ上では、これから始まる通し稽古《げいこ》に向けての準備が進んでいた。

本来なら、部外者である晴香たちは閉め出されているところだが、部長であり、演出を担当する黒川に許可を得ている。

とはいえ、嘘を吐いているわけだから、本当の意味で許可をもらったとは言いがたい。

そう思うと、何だか居心地が悪かった。

晴香は、八雲がシナリオを読み終わるのを待って訊ねてみた。

「何か分かった？」

「何も」

八雲は、素っ気なく答えると、シナリオを隣の座席に置き、頭の後ろで手を合わせた。

「そっか……」

晴香は、小さく溜息《ためいき》を吐いた。

シナリオを読めば、何か分かると思っていただけに、落胆も大きい。

「ただ、このシナリオはよくできている」

呟くように、八雲が言う。

「どんなお話なの？」

「シェイクスピアのハムレットをベースに、主人公を女性に設定し、現代風にアレンジしている」

「ハムレットって、自分の奥さんを疑って、殺しちゃう話だっけ？」

晴香が言うと、八雲が情けないと言わんばかりに、項垂《うなだ》れて溜息を吐いた。

「それはオセロだ」

八雲にピシャリと言われ、恥ずかしさで顔が熱くなる。

下手に知ったかぶりをするもんじゃない。

「ハムレットは、父を殺し、母を奪い、王位を手に入れた叔父《おじ》に復讐《ふくしゅう》する話だ」

「ああ、そっちか」

八雲の説明を受け、ようやく思い出した。

詳しくは知らないが、確かそんな話だったような気がする。

「物語の序盤は、ハムレットをベースにしてはいるが、途中からオリジナルの物語になっている」

「そうなんだ」

「何にしても、お喋《しゃべ》りは終わりだ」

八雲は、そう言ってステージに目を向けた。

ステージ上で、役者陣にあれこれ指示をしていた黒川が、客席に戻るところだった。

役者陣も、各々舞台袖《そで》にはけていく。それに合わせて、ステージと客席の照明が落ちた。

いよいよ、通し稽古が始まるのだろう。

晴香は、緊張した面持ちで、ステージに目を向ける。

しばらくの暗転のあと、ステージ中央にスポットライトが当たり、一人の女性の姿が浮かび上がった。

主演を務める智子だ。

彼女の長い独白から、舞台はスタートする。

智子は、まだ一年生だというが、それにしては台詞《せりふ》回しは堂に入っていた。迫力があるし、何より存在感というか、華があるように思えた。

ぐいぐいと物語の世界に引き込まれていく。

智子の独白が終わったところで、スポットライトから、全体を照らす照明に切り替わる。

舞台袖から、羽美が現れ、智子に声をかける。

心霊現象のことがあるせいか、顔色が悪く、声の通りもあまりよくない。

と——急にステージが真っ暗になった。

照明が落ちたようだ。

「照明、何やってんの？」

「早く点《つ》けろ」

あちこちで声が上がる。

だが、なかなか照明が点かない。

機材トラブルだろうか——と思った矢先、ドンッと何かが倒れるような音がして、椅子がわずかに揺れた。

地震かと思ったが、どうも様子がおかしい。

「マズいな……」

八雲が、すっと立ち上がり呟《つぶや》く。

「何が？」

晴香の質問に答えることなく、八雲は足早にステージに向かって歩いていく。

訳が分からないながらも、晴香は八雲のあとを追いかける。

暗くて、何度も躓《つまず》いてしまったが、どうにかステージの前まで辿《たど》り着いた。

——何があったの？

晴香が、考えを巡らせていると、ようやくステージの照明が点いた。

そこに広がる光景を見て、晴香は思わず息を呑《の》んだ。

羽美が、ステージの上で身体を強張《こわば》らせていて、その視線の先には、セットの塔が倒れていた。

危うく、下敷きになるところだったようだ。

一瞬、ほっとした晴香だったが、すぐに思い直した。

今、塔が倒れている場所には、主演を務める智子がいたはずだ。

おそるおそる目を向けると、倒れたセットの下から、人の手が出ているのが見えた。

おそらくは、智子の手だ。

「早く救急車を！」

八雲が、晴香を急《せ》かす。

「あっ、うん」

晴香は、震える手で携帯電話を取り出し、一一九番をプッシュする。

「やっぱり呪われているんだわ――」

コール音に重なり、羽美の悲痛な叫びが晴香の耳に届いた――。

7

――大変なことになってしまった。

大講堂のエントランスホールにあるソファーに腰掛けた晴香は、頭を抱えるようにして長い溜息を吐いた。

ゼミの友人である羽美に頼まれて、彼女が見たという幽霊の正体を突き止める為に、八雲と一緒にこの大講堂に足を運んだまでは良かった。

調査を進める過程で、羽美の所属する演劇サークルの通し稽古を見学することになったのだが、その最中に事件は起きた。

突如として、照明が落ちたかと思ったら、セットが倒れてしまったのだ。

羽美は難を逃れたが、主演を務める智子が、倒れたセットの下敷きになり、救急車で病院に運ばれることになった。

演劇サークルの学生たちは、上を下への大騒ぎになっている。

「厄介なことになった……」

声に反応して顔を上げると、目の前に八雲が立っていた。

難しい顔で、寝グセだらけの髪を、ガリガリとかき回している。

「どうして、こんなことに？」

晴香は、すがるようにして八雲に訊《たず》ねた。

稽古《けいこ》が始まる前、八雲は、取り敢《あ》えず幽霊はいないと言っていた。にもかかわらず、事件は起きてしまったのだ。

「さあな。ぼくにも分からない」

八雲は、いつもと変わらない無表情で答えた。

だが、その言葉をそのまま受け止めることはできない。八雲は、確証を得ていないことは口にしたがらないだけで、今回の一件について、何かしらの考えを持っているはずだ。

「照明が落ちたとき、何か見なかった？」

晴香は、まずそのことを訊ねた。

今は、黒い色のコンタクトレンズで隠しているが、八雲の左眼は赤い色をしている。

それだけではなく、死者の魂——つまり幽霊が見えるのだ。

晴香には何も見えなかったが、八雲なら他の人には見えない何かが見えていたかもしれない。

「何も……」

八雲は、肩を竦《すく》めるようにして言った。

答えるまでに、少し間があったような気がする。

「本当は何か見たんでしょ？」

「見てないと言ってるだろ」

「でも、あれが幽霊の仕業だとしたら、八雲君には何か見えたはずでしょ」

晴香が主張すると、八雲は、やれやれという風に首を左右に振った。

「そうやって、最初から決めてかかるから、君は肝心なことを見失うんだ」

「どういうこと？」

「言葉のままだ。少しは、周りを見ることも必要だと言ってるんだ」

「ちゃんと見てます」

「ほっぺの横にご飯粒がついているのは、見えなかったのか？」

八雲が、頰に手を当てながら言う。

――え？　嘘！

晴香は、慌てて自分の右の頰に手を当てた。だが、ご飯粒らしきものはついていない。

一応、左にも手を当ててみたが、何の感触もなかった。

「ご飯粒なんて、ついてる？」

「ついてない。嘘だ」

「はぁ?」

ありったけの罵詈雑言《ばりぞうごん》を浴びせてやろうかと思ったが、止めておいた。きっと、何倍にもなって返ってくるに違いない。

そんなことより、こちらの質問の答えが、まだ得られていない。

「あのさ——」

言いかけた晴香の言葉を遮るように、二人の男が近づいて来た。

〈未解決事件特別捜査室〉に所属する刑事の後藤和利《かずとし》と、石井雄太郎《いしいゆうたろう》だ。

「おう!」

後藤が、軽く手を挙げながら声をかけてくる。

四角張った顔に、熊のような大きな身体をしていて、見た目はいかついのだが、義理人情に厚い、昔気質《かたぎ》の人物だ。

「は、晴香ちゃん!」

石井が、飛び跳ねるようにして、晴香の許《もと》に駆け寄ってきた。

シルバーフレームのメガネに、ピシッとスーツを着て、いかにもインテリです——といった風貌《ふうぼう》だが、実際に話してみると、気さくで優しい人物だ。

「まったく。面倒なことを起こしやがって」

後藤が、ぼやくように言った。

「言っておきますが、ぼくは何もしていません。巻き込まれただけです」

八雲が、溜息《ためいき》交じりに返す。

「日頃の行いが悪いから、こういうことになるんだよ」

「職務中に居眠りするような刑事に、日頃の行いを糾《ただ》される筋合いはありません」

「何だとぉ！」

「そうやって、すぐ怒るところが、器の小ささを象徴してますね」

「ぶっ殺す！」

「石井さん。このボンクラを脅迫の現行犯で逮捕して下さい」

「あん？　やれるもんなら、やってみろ！」

今にも八雲に飛びかからんとする後藤を、石井が慌てて止めに入った。

「放せ！」

後藤は、石井の脳天に拳骨《げんこつ》を落とした。

やり場のない怒りの捌《は》け口にされてしまうとは、毎度のことながら、石井がかわいそうになってくる。

「そんなことより、智子さんの具合はどうなんですか？」

八雲がのんびりとした口調で問う。

「さっき、病院に確認を取りました。背中に打撲と、左足の骨にひびが入っているようですが、命に別状はないようです」

まだ、怒りが収まらない後藤にかわって、石井が答えた。

「良かった――」

晴香は、ほっと胸を撫《な》で下ろした。

「安心するのは早い。まだ、何も終わっていない」

八雲が険しい顔で言った。

まさにその通りだ。なぜ、こんなことになったのか、まだ原因が分かっていないのだ。

「やっぱり、シナリオの呪いなのかな？」

晴香は思わず口にする。

「シナリオの呪いってのは何だ？」

口を挟んだのは、後藤だった。

おそらく、八雲のことだから、後藤たちには、何も説明していないのだろう。今に至るも、説明する気はなさそうだ。

仕方なく、晴香がこれまでの経緯を話すことになった。

同じゼミに所属する羽美から、舞台袖《そで》で見た幽霊について相談を受けたこと。

そして、今、演劇サークルが上演しようとしているのが、十年前に書かれた、曰《いわ》く付きのシナリオであることなど、子細に亘《わた》って語った。

「つ、つまり、今回の事件に、その呪われたシナリオが関係しているかもしれないってことですか……」

晴香が話を終えると、石井が震える声で言った。

「はい」

「ひぃぃ！」

石井が、飛び上がるように奇声を発する。

すぐさま、後藤に「うるせぇ！」と頭を引っぱたかれた。

「もしかして、例の所在確認をしろって言ってきた、絵里子って女も、それに関係しているのか？」

後藤が、改まった口調で訊ねてきた。

「そうです」

晴香は、すぐさま答えた。

羽美が幽霊を見たとき、一緒にいたのが絵里子だ。連絡が取れなくなっているということだったので、八雲が後藤たちに確認を依頼したのだ。

「最初から言えよな。訳が分からんだろうが」

後藤が文句を並べたが、当の八雲は、素知らぬ顔だ。仕方なく、晴香が「すみません」と謝罪することになった。

「で、どうなんです？」

八雲が、あくびをしながら口にした。

「何がだ？」

後藤が聞き返す。

「だから、絵里子という女性ですよ。話の流れで分かるでしょ」

八雲の態度が気に入らないらしく、後藤は舌打ちをすると、顎《あご》をしゃくって石井に指示をした。

「その女性の家に行ってみたんですが……本人はいませんでした」

石井が、シルバーフレームのメガネの位置を、指先で直しながら口にする。

「いなかった？」

八雲が怪訝《けげん》な表情を浮かべる。

「はい。自宅には、お姉さんがいまして……何でも、絵里子さんは急に倒れて病院に運ばれたそうです」

石井の説明に、晴香は背筋がぞくりとした。

「どんな病状なんです？」

「原因は不明なんですが、昏睡《こんすい》状態にあるらしいんです」

「そうですか——」

八雲は、呟《つぶや》くように言うと、考え込むように眉間《みけん》に人差し指を当てた。

これまで、八雲が様々な事件を解決してこられたのは、死者の魂を見ることができる、赤い左眼があるからというだけではない。

類《たぐ》い希《まれ》な洞察力と、鋭い推理によるところも大きい。

その場にいる全員が、八雲の次の言葉を待った。が、八雲は何も言わずに、ホールの扉に向かって歩き出した。

「おい！　どこ行くんだ？」

後藤が訊《たず》ねると、八雲がゆっくりと振り返った。

「倒れたセットを確認しに行くんですよ」

八雲がさも当然のように言う。

「あん？」

「そんなところで、ぼさっとしてないで、さっさと来て下さい」

八雲は、それだけ言うと、ホールの扉を開けて中に入って行ってしまった。

「あのガキ……」

後藤が、苦々しげな顔で言う。

気持ちとしては、晴香も同じだ。八雲はいつも説明が足りない。

言いたいことは色々とあるが、今は八雲に頼るしかないというのが実情だ。晴香は、後藤たちと顔を見合わせてから、八雲のあとを追ってホールに向かった。

8

ホールに入ると、すでに八雲はステージの上にいた。

屈《かが》み込むようにして、真剣な眼差《まなざ》しで倒れたセットを観察している。

晴香も、後藤、石井と一緒に通路を進み、ステージに上った。

「何か分かったか？」

後藤が訊ねると、八雲が嫌そうな表情を浮かべる。

「そうやって、何でも他人《ひと》任せにするから、進歩しないんですよ」

八雲が、立ち上がりながら言う。

「てめぇ！　ケンカ売ってんのか！」

後藤が、烈火の如く怒るが、八雲はまるで動じない。

「まさか。ぼくは、事実を言ったまでです」

「おちょくってんのか？」

「いいえ。バカにしているんです」

「何だと！」

殴りかからんとする後藤を、石井が慌てて止めに入る。結果、石井が後藤の怒りの捌《は》け口になる——さっきと同じやり取りだ。

切迫した状況ではあるが、晴香は思わず笑ってしまった。

「こんなときだというのに、ずいぶんと余裕だな」

すかさず八雲が言う。

どちらかというと、余裕を見せているのは八雲の方だが、そんなことを言ったところで、認めるような人ではない。

それより――。

「何か分かったの？」

晴香が訊ねると、八雲がこれ見よがしに嫌そうな顔をした。

「まったく。後藤さんといい、君といい、何でこうも愚かなんだ」

「何よそれ……」

「だから言っただろ！」

晴香の言葉を遮るように、ホールに罵声《ばせい》が響いた。

声のした方に顔を向けると、舞台袖のあたりで、グリーンのつなぎを着た男が、激昂《げきこう》していた。

倒れたセットの組み立てをやっていた人物だ。

彼の前には、二人の学生が縮こまるようにして立っている。

「何の騒ぎだ？」

後藤が素早く反応して、石井と一緒に三人に近づきながら声をかける。

怪訝な表情を浮かべる三人に、後藤と石井は、警察手帳を提示した。その途端、表情が凍りついた。

何かありそうだ。

八雲に視線を向けると、小さく頷《うなず》いて、後藤の許《もと》に歩み寄って行く。晴香も、そのあとに続いた。

「少し、話を聞かせてもらうぞ」

後藤の言葉に、三人の男は返事をしなかった。だが、逃げ出す素振りもないので、一応は応じる意思はあるのだろう。

「セットを組んだのは、お前たちか？」

後藤が訊ねると、三人は同時に頷いた。次いで、後藤が名前を訊ねる。

グリーンのつなぎの男は三年生で、飯田《いいだ》と名乗った。他の二人は、二年生で、宮沢《みやざわ》と安部《あべ》という名だった。

「それで、何を騒いでいたんだ？」

後藤が改めて訊ねると、宮沢と安部は、ばつが悪そうに足許に視線を落とした。

「こいつらが、錘《おもり》を忘れたんですよ」

飯田が、吐き捨てるような口調で言った。

「錘――ですか？」

石井が、メモ帳を取り出しながら訊ねる。

「ええ。セットが倒れないように、土台に錘を置けと指示しておいたんです。それなのに……」

飯田は、そう言って宮沢と安部を睨《にら》み付けた。

「置きました……」

宮沢が、ぼそりと言った。

「置いてたら、セットが倒れるはずないだろ。現に、倒れたセットのところに、錘は無かったじゃねぇか！」

飯田が、顔を真っ赤にして叫ぶ。

今にも二人に摑《つか》みかからんとする飯田を、「まあまあ」と石井が宥《なだ》めた。

「つまり、土台に置くはずの錘が無かったせいで、セットが倒れたってことか？」

後藤が訊ねると、飯田が頷いた。

「錘は、元々あなたたちが置くことになっていたんですか？」

八雲が、するりと会話に割り込んできた。

「そうです」

宮沢が頷く。

「さっき、錘は置いたと言っていましたが、それに間違いはありませんか？」

八雲の問いに、宮沢が再び「はい」と頷く。

「だから、錘は無かったって言ってんだろ！」

飯田は納得できないらしく、怒りの声を上げる。

「少し、黙っていてもらえませんか？」

八雲は飯田を睨み付けた。

その迫力に気圧《けお》されたのか、飯田は不満げにしながらも、口を閉ざした。

「あなたは、錘を置いた記憶はありますか？」

間を置いてから、八雲はもう一人の二年生、安部に同じ質問を投げかけた。

安部は、飯田と宮沢を交互に見たあと、「置いたと思います。でも、置いてなかったかもしれません……」と蚊の鳴くような声で答えた。

飯田と宮沢の二人の間に立ったのだろう。

「分かりました。ありがとうございます――」

八雲は、そう言って質問を打ち切った。

後藤は、三人に連絡先を確認して、また話を聞くかもしれないと告げ、一旦《いったん》は解放した。

「こりゃ事故だな」

三人が立ち去るのを待ってから、後藤が溜息《ためいき》交じりに言った。

「そうですね。応援が到着したら現場検証をして、一件落着といったところですね」

石井が賛同の声を上げる。

晴香も、今の話を聞いて納得した。羽美の体験した心霊現象のことがあったので、セットが倒れたのは、その延長かと思ったりもしたが、話を聞く限り違うらしい。

「本当に、これは単なる事故なんですか？」

八雲だけが、懐疑的な言葉を口にした。

「どういうこと？」

晴香は、すかさず訊《たず》ねた。

「言葉のままだ。セットが倒れる前、照明にトラブルがあっただろ」

「うん」

八雲の言う通り、照明が突然消え、そのあとにセットが倒れたのだ。

「偶々《たまたま》、照明トラブルがあったタイミングで、偶々、セットが倒れる――できすぎじゃないか？」

「そういうこともあるんじゃないの？」

晴香が言うと、八雲はふんっと鼻を鳴らした。

「ぼくは、何者かの意図を感じる――」

八雲はそう言うと、わずかに目を細める。

「何者かの意図ってのは、どういうことだ？」

後藤が訊ねる。

「それを今から確かめるんですよ」

八雲は、口許に小さく笑みを浮かべた。

9

「何だか、巻き込んでしまったみたいで、すみません――」

晴香は、エントランスホールを歩きながら、隣にいる石井に詫《わ》びた。

あのあと、八雲は確認したいことがあると、後藤と一緒に出て行ってしまった。残った晴香は、石井と一緒に、関係者への聞き込みをしておくように指示されている。

少しくらい説明してくれればいいのに——と不満はあるが、八雲はいつもこうだ。何も聞かされぬままに、情報収集をやらされたことは、これまでに何度もある。

「いえ。私は全然。少しでも、晴香ちゃんのお力になれれば、それで本望です！」

石井は、意気揚々と敬礼などしてみせる。

「ありがとうございます」

晴香は、本心から口にした。

正直、石井にいてもらえるのは心強い。警察官である石井がいれば、自然に話を聞き出せるというものだ。

「まずは、誰から話を聞きますか？」

石井が訊ねてきた。

そう問われると、困ってしまう。順番のことなど、まるで考えていなかったからだ。

「そうですね……取り敢《あ》えず、近くにいる人からにしましょう」

晴香は、そう答えて周囲を見回した。

一人、知っている人物の姿を見かけた。羽美の恋人役を演じる学生だ。名前は確か、永見といった。

エントランスのソファーに、項垂《うなだ》れるように座っている。

「ちょっと、すみません」

晴香は、永見に駆け寄り声をかけた。

「君は確か……」

永見は、晴香の顔を見上げながら口にする。

「羽美の友だちの小沢です。こちらは、世田町《せたまち》署の石井さんです」

晴香が口にすると、永見の顔が強張《こわば》った。

「け、警察……」

永見が露骨に警戒の色を濃くしている。

「ご安心下さい。少し確認したいことがあるだけですから」

石井が、笑みを浮かべながら言うと、永見の表情が幾分和らいだ。

こういうときは、後藤より、温和な印象のある石井の方が、相手は警戒心を緩めてくれる。

「確認って、何ですか？」

「セットが倒れたとき、あなたは、どちらにいらっしゃいましたか？」

石井が訊ねる。

「舞台袖《そで》で、スタンバイしてました」

「あなたの他に、誰かいましたか？」

「結構、いたと思いますよ」

「ええ。見えないだけで、舞台袖はスタンバイしている役者や、スタッフでごった返しているんです」

「なるほど……」

石井が感心したように、何度も頷《うなず》く。

確かに永見の言う通りだ。客席からは見えていないだけで、公演中も色々な人が動き回っているだろう。

「これって、事故なんですか？」

今度は、永見の方から質問してきた。

「いや、まだはっきりしたことは……」

曖昧《あいまい》にかわそうとした石井だったが、永見は納得できないらしく、ずいっと身を乗り出す。

「事故じゃないとしたら、あいつが関係しているのかもしれないですよ」

永見が、意味深長に言う。

「あいつ？」

晴香が首を傾げると、永見は得意げに鼻を膨らませる。

「羽美ちゃんは、誰かにつきまとわれていたんだよ」

そういえば、そんなようなことを言っていた。

「そうなんですか？」

羽美が、それほど気にしていない風だったので、その場では、何となく聞き流してしまっていた。

「つきまとっていた相手は、誰だか分かっているんですか？」

石井の質問に、永見が首を左右に振った。

「誰かはわからないけど、羽美ちゃん、すごい困ってるみたいだから、おれ心配しててさ。相談に乗ってたんです。だから、今回の一件は、その男の仕業に違いないって思うんです」

永見は、興奮気味に口にする。

決めてかかるような言い回しは引っかかるが、無視できる内容ではない。

「でも……羽美は、幽霊を見たって……」

「だからさ、その幽霊の正体が、ストーカーなんだよ。羽美は、怯《おび》えているんだよ。でも、おれにだけは言ってくれた――」

「はあ……」

晴香は曖昧に返事をした。

永見は、いつの間にか、羽美を呼び捨てにしている。

「おれなら羽美を守ってやれると思うんだ」

永見がポツリと言った。

男らしい発言なのだが、晴香は違和感を覚えた。

自分の行為を、絶対的に正しいものだと確信している割に、相手の気持ちを考えていないように思う。それが証拠に、永見に会ったとき、羽美は彼を避けるような態度を取っていた。

偏見かもしれないが、永見こそストーカー気質のような気がしてしまった。

10

ホールに足を運ぶと、客席で話し込んでいる黒川と羽美の姿を見かけた。

「あの、ちょっといいですか？」

晴香が声をかけると、二人が同時にこちらを見た。

黒川は、怒りをはらんだ険しい表情をしていた。一方の羽美は、眉《まゆ》を下げ、目に涙を浮かべているようだった。

「羽美……」

晴香が口にすると、羽美は逃げるように走ってその場を立ち去った。

「部長さんですか？　少し、お話を聞かせてもらってよろしいですか？」

羽美を追いかけようとしたが、その前に石井が黒川に声をかけてしまった。

こうなると、そこに留《とど》まらざるを得ない。

考え方を変えれば、なぜ羽美が泣いていたのか、黒川を追及する機会でもある。

「何です？」

黒川が、怒った口調のまま言う。

「セットが倒れたことについて、幾つか、確認させて頂きたいんです」

石井が、シルバーフレームのメガネを、指先で触りながら言う。

「別にいいですけど、手短にお願いします。色々と、プランを考え直さないといけないので」

黒川が突き放すような口調で言った。

今の口ぶり——。

「もしかして、公演は中止しないつもりですか？」

晴香が訊《たず》ねると、黒川は、当然だという風に頷いた。

「当然です。急いで配役も代えなきゃいけないし、セットも考え直さなきゃならないんです」

黒川は、平然と口にしていたが、晴香には理解できなかった。

「智子さんが怪我をしたんですよ」

「分かってる。だから、代役をどうするか、考えるんだよ」

それは、そうなのだが、晴香が問いかけているのは、そういうことではない。

「心配じゃないんですか？」

晴香が問うと、黒川は眉間《みけん》に皺《しわ》を寄せた。

「何がって……智子さんです。恋人なんですよね？」

「勘違いするな」

「え？」

「心配はしている」

「だったら、今すぐに智子さんのところに行った方が……」

「君に言われるまでもなく、あとで行く。それより、今は、公演の配役をどうするかの方が大事だ」

黒川がきっぱり言った。

「で、でも……」

「おれと智子は、君が思い描くような、馴《な》れ合いの関係じゃない」

「どういう意味ですか？」

「説明するつもりはない。どうせ、理解できないだろうからな」

黒川が言うように、説明されたところで、納得できるとは思えなかった。価値観が違い過ぎるのだ。

これ以上、何かを言ったところで、この人には通じないだろう。

演劇に対する情熱は凄《すご》いが、その結果として、他のことが全ておろそかになっているような気がする。

「セットの転倒事故について、私からもお伺いしたいんですが……」

晴香が、言葉を失ったところで、石井が改めて口にした。

「ですから、手短にお願いします。余計なことばかりで、話が進まない」

黒川は、晴香を睨《にら》み付けるようにして言った。

晴香が口を挟んだことで、本題から逸《そ》れたのは事実だが、もう少し言い方を考えて欲しい。

八雲の憎まれ口とは違って、黒川の言葉には明確な敵意が滲《にじ》んでいる。

「さきほど、飯田さんから聞いたのですが、セットの土台に、錘《おもり》が載っていなかったのが、転倒の原因ということでしたが……」

石井が、咳払《せきばら》いをしてから切り出す。

「そのようですね」

「他に、心当たりはありますか？」

「さあ？　飯田が、そう言ったのなら、そうなんじゃないですか？」

黒川は、投げ遣《や》りな口調で言う。

「本当に何もご存じありませんか？」

「何のことです？」

黒川は、石井に対しても容赦なく鋭い視線を向ける。

「何か妙なことがあったりとか？」

「別に……。まあ、前にSNSに智子を主演から降ろせって書かれたことはありましたけど、それくらいですね」

「そういうことは、よくあるんですか？」

「自分の方ができるのにってひがみは、誰でも持ってるでしょ」

今の話――もしかして、羽美が書いたのだろうか？　いや、そんなことをするタイプではない。

「まあ、そうかもしれませんね。他には、何かありませんでしたか？」

「他？」

「たとえば、幽霊が出る――とか」

石井が口にした瞬間、黒川は呆《あき》れたように溜息《ためいき》を吐いた。

「広瀬たちが見たと騒いでいたやつですよね」

「ええ」

「まさか警察の人が、幽霊の仕業だなんて思ってるわけじゃありませんよね」

黒川は挑戦的な口調だった。

「いや、そういうわけではないのですが……その、何というか……あらゆる可能性を考慮していまして……」

しどろもどろになる石井を見て、黒川はふんっと鼻を鳴らした。

「幽霊がどうしたとか、そんなことを気にしたりしてるから、いつまで経っても、役になりきることができないんだ」

黒川の言葉は、自分たちに——というより、羽美に向けられた言葉であるように思えた。

「それって羽美のことですか？」

晴香が訊ねると、黒川は苦笑いを浮かべた。

「広瀬は、せっかく才能があるのに、いつも周囲を気にしながら演技している。あれじゃ、いつまで経っても、主演は無理だ。特に、今回の役は」

黒川の言葉に、さっきまでの毒はなかった。

——どうして、そんな風に感じたのだろう？

晴香が答えを見出《みいだ》す前に、黒川は「もういいでしょ——」と会話の終わりを宣言した。

11

エントランスホールに戻った晴香は、ソファーに座っている羽美の姿を見かけた。

ぼんやりと虚空を見つめている。

「石井さん。ちょっと待っていて下さい」

晴香は、そう告げると羽美に駆け寄った。

「羽美」

晴香が声をかけると、羽美がゆっくりと顔を向けた。

案の定、目が充血していた。やはり、さっきホールにいたとき、泣いていたのだ。

「大丈夫？」

晴香が訊《たず》ねると、羽美がぎこちない笑みを浮かべた。

「うん」

「さっきはどうしたの？」

晴香は、羽美の隣に腰掛けた。

「ちょっとね……」

羽美は、そう言って視線を足許《あしもと》に落とした。

——広瀬は、せっかく才能があるのに、いつも周囲を気にしながら演技している。

黒川の言葉が脳裏に蘇《よみがえ》った。

あの言葉だけ、毒を感じなかったのはなぜか？　晴香は、まだその答えがわからないままだった。

「演出の人と、何かあったの？」

晴香が訊ねると、羽美は髪を揺らして頭《かぶり》を振った。

「何もないよ。ただ、期待に応《こた》えられていないっていうか……」

羽美の声がわずかに震えていた。

「それを引き出すのが、演出の役割なんじゃないの？」

「そうじゃないの。これは、私の気持ちの問題だから……」

「やっぱり、幽霊のことが引っかかってるの？」

「それもあるけど……。でも、黒川さんが言ってるのは、それだけじゃないから……」

「どういうこと？」

晴香の問いに、羽美は唇のはしを歪《ゆが》めた。

「実はね、私も主役をやりたいと思っていたの」

「そうなの？」

「うん。でも、結局選ばれたのは智子だった……」

羽美が両手で顔を覆った。

「………」

「今回の作品の主人公は、強い女性なの。黒川さんからも、芯《しん》の強さが必要だって、何度も言われてきたのに、どうしても、周りを気にして遠慮がちになっちゃう」

「でも、稽古《けいこ》すれば……」

「違うの」

羽美は頭を振る。

「違う？」

「演技だけじゃないの。昔からそうなの。好きな人ができても、友だちが、その人のことを好きだって知ると、身を引いちゃう。争うのが嫌というか、自分の我が儘《まま》で、誰かが嫌な思いをするのが見てられないというか……」

「そうなんだ……」

「自分のそういう弱さが、演技にも出ちゃって……それで、黒川さんは、主演を智子に代えたの……」

何となく分かる気がする。

晴香にも、羽美と同じ部分がある。自分のことより、周囲の反応を気にして、自分の思いを閉じ込めてしまうのだ。

なぜそうなるのかも、自分自身で理解しているつもりだ。

「結局、自分をよく見せたいって思っちゃうんだよね……」

晴香は、思わず口にしていた。

羽美は「え？」と、驚いたような表情で顔を上げる。

「ゴメン。羽美のことを言ってるんじゃないの。今、羽美の話を聞いていて、私も似たようなところがあるなって思って……」

晴香は、ぎゅっと表情を歪めた。

「…………」

羽美の視線が、話の続きを促している。

「私の場合は、周囲と争ったり、誰かが嫌な思いをするのが耐えられないっていうより、自分がどう見られているのかを気にしちゃうんだ」

晴香は喋《しゃべ》りながらも、自分で心の傷を抉《えぐ》っているようで胸が痛んだ。

だが、それが紛れもない本心だった。

周囲に気を遣って振る舞っていると言えば聞こえはいいが、実際は、自分がどう思われるのかを意識し過ぎているのだ。

「私も同じかも……」

羽美が、微《かす》かに笑みを浮かべながら言った。

「同じ？」

「うん。晴香の話を聞いていて気づいた。私も、結局は、自分がどう見られているのかを気にしてたんだと思う」

「羽美……」

「黒川さんが、期待してくれていることは分かってたの。でも、それに応えようとするあまり、失敗しないようにって、そればっかり意識しちゃってた。今回の役に必要なのは、そういうことじゃないのに、理解していなかったんだと思う」

「そうだったんだ」

「きっと、黒川さんは、私のそういう部分を見抜いたから、主演を任せなかったんだと思う。何か、凄《すご》い楽になった。ありがとう」

羽美は、そう言って立ち上がった。

不思議だった。これまで、庇護《ひご》欲をかきたてるような、弱々しい雰囲気の羽美だったが、今はそれがきれいさっぱり消えている。

「やっぱり、あの役は私がやりたかったな」

羽美がぽつりとそう言った。

「だったら、黒川さんに、もう一度お願いしてみたら？」

晴香は、勢いのままに口にした。

智子が怪我をしたタイミングで、こういうことを言うのは、不謹慎であることは分かっている。

だが、ここで諦《あきら》めてしまったら、せっかくの羽美の想いが、消えてしまうような気がした。

「でも、今更そんなこと……」

「きっと、黒川さんは、羽美がそう言うのを待っているんじゃないかな？」

何の根拠もなく言ったわけではない。

あのときの黒川の言葉に、毒がなかったのは、羽美に対する期待の表れだったのではないかと思い始めていた。

「晴香……」

羽美が言いかけたところで、タイミング悪く携帯電話に着信があった。

無視しようかと思ったが、電話をかけてきたのは八雲だった。事件のことで、何か進展があったのかもしれない。

晴香は、羽美に「ちょっとごめんね」と告げてから、少し離れた場所に移動して電話に出た。

「もしもし」

〈分かったことを教えて欲しい〉

晴香が電話に出るなり、八雲は開口一番、そう言った。

分かったこと――と問われると、正直困ってしまう。今のところ、明確に何かが判明したわけではない。

晴香は仕方なく、これまで聞いたことを順を追って八雲に話して聞かせた。

〈なるほど。だいたいのことは分かった〉

それが、晴香の話を聞き終えた八雲の第一声だった。

まるで全てが分かってしまったかのようだ。

「何が分かったの？」

〈今は、話す段階にない〉

八雲は、例の如く煙《けむ》に巻く。

問い質《ただ》そうと思ったが、止めておいた。幾らそうしたところで、八雲は何も話さないだろう。

それより――。

「これからどうするの？」

〈君に、少し頼みたいことがある〉
八雲からの頼み事——どう考えても、嫌な予感しかしない。

12

「智子の代役として、小沢晴香さんに、主演を務めてもらうことになった——」

エントランスに、キャスト、スタッフを全員集めて行われたミーティングの中で、黒川からそう発表された。

当然のことだが、あちこちから驚きの声が上がる。

それはそうだろう。公演直前のこのタイミングになって、サークルメンバーではない自分が、主演に抜擢《ばってき》されたのだ。

不満もあるだろうし、何より不安が渦巻いているようだ。

ちらっと目を向けると、羽美が俯《うつむ》くようにして立っていた。羽美はどんな気持ちを抱えているのだろう。

声をかけたいのは山々だが、今それをするわけにはいかない。

「素人にやらせて、大丈夫なのかよ!」

堪《たま》りかねたように声を上げたのは、羽美の恋人役を演じる永見だった。

「彼女は、素人じゃない。プロダクションに所属して、レッスンも受けている女優だ」

黒川がさらりと言う。

「だけど、芝居は一人でやるもんじゃないだろ」

「そんなことは、お前に言われなくても分かってる。だから、これから稽古をやると言ってるんだ」

黒川の口調は、投げ遣りだった。

「だけど、台詞《せりふ》は覚えられんのかよ」

永見がさらに反論する。

その言い分はもっともだ。公演まで、あと数日しかない。二時間ある舞台の台詞を覚えるのは、簡単ではない。

「今日のところは、台本を持っての稽古になるが、本番までには台詞を全部入れてもらう。大丈夫だな？」

黒川に問われ、晴香は「は、はい」と返事をした。

「本当に大丈夫なのかよ。やっぱりできませんでした——ってことじゃ、話にならないんだぞ」

「やる前から、ごちゃごちゃ言うな！」

黒川が一喝したことで、ようやく永見が口を噤《つぐ》んだ。

「じゃあ、まずは挨拶《あいさつ》を——」

場が落ち着いたところで、黒川に促された。

晴香は、おずおずと前に出る。

浴びせかけられる視線が痛かった。もう、いたたまれない気持ちだ。それでも、逃げるわけにはいかない。

「あ、あの……その……よ、よ、よろしくお願いしまっす……」

あまりの緊張のせいで、何だかよく分からない言い回しになってしまった。

あちこちから、苦笑が漏れた。

晴香は顔から火が出るような思いだったが、ぐっと我慢した。

当然のことながら、演技の経験なんてないし、プロダクションに所属しているはずもない。レッスンを受けたことなど、ただの一度もない。

それでも今、晴香が主演という役割を与えられ、ここに立っているのには、理由があった。

八雲に頼まれ、事件を解決する為に、やむなくそうしているのだ。

とはいえ、自分が主演を務めることが、どうして事件解決に繋《つな》がるのか、晴香には理解できていない。

黒川の指示で、すぐに稽古《けいこ》が始まることになり、各々が準備の為に動き出した。

「ステージの中央に立って、台本の台詞を読むだけでいい」

黒川は、晴香にそう告げると、さっさと客席に行ってしまった。

ここまで来たら、晴香としても、ただ黙って突っ立っているわけにはいかない。スタンバイの為に舞台袖《そで》に向かった。

キャストやスタッフの視線が冷たい。

それは、そうだ。いきなり、しゃしゃり出て来て、主演をやることになったのだ。誰一人として納得しないだろう。

羽美も、少し離れたところから、じっと晴香を見ている。

スタッフが慌ただしく動き回り、キャストも各々にストレッチをしたり、発声練習をしたりしている。

晴香だけが、どうしていいのか分からず、薄暗がりの中で孤立していた。

「じゃあ、稽古を始める。最初のシーンから」

やがて、客席にいる黒川から声がかかった。

こうなると、もう迷っている場合ではない。いきなり出番なのだ。

「よーい。はい！」

黒川の声がかかった。

晴香は、動揺を押し殺し、台本を持ったまま暗いステージを歩き、指定された場所に立った。

それを見計らったように、スポットライトが当たる。

目映《まばゆ》さに目を細めた。

こんな風景の中で、演じるのかと思うと、足が竦《すく》んだ。

「台詞！」

何も言わない晴香に、客席の黒川が叫んだ。

そうだ。台詞を読まなければ。台本に目を向けた瞬間、目の前が真っ暗になった。

あちこちで、ざわざわと声が上がる。

「おい！　また照明が落ちたぞ！」

黒川の声が飛ぶ。

これは、まさにセットが転倒したときの再現だ。

あのときも、まず照明が落ちた。そのあと、もの凄《すご》い音がして、セットが倒れて、智子を直撃したのだ。

もしかして――。

晴香が、そう思った矢先、ギッと何かが軋《きし》む音がした。

目を凝らすと、暗闇の中ではあるが、セットが自分の方に向かって倒れてくるのが見えた。

――逃げなきゃ！

そう思ったが、身体が硬直して動かなかった。

駄目だ。このままでは、下敷きになる。

と、晴香は誰かに腕を摑《つか》まれた。そのまま、ぐいっと強い力で引っ張られ、抱き寄せられる。

バタンッ！

もの凄い音とともに、晴香のすぐ目の前でセットが倒れた。

どうやら、腕を引っ張られたことで、助かったようだ。

——でも、誰が？

晴香の疑問に答えるように、照明が点《つ》いた。

見ると、そこにいたのは八雲だった。

「八雲君——」

「無事だったようだな」

八雲は、小さく笑みを浮かべながら言う。

「うん。だけど、何でこんな……」

晴香は、震える声で口にした。

二度も同じセットが倒れたとなると、事故ではなく、何者かが意図的にやったとしか思えない。

「そろそろ、後藤さんが犯人を押さえる頃だ」

八雲が口にしたタイミングで、舞台袖からぎゃっ！　と悲鳴が上がった。

次いで、「騒ぐんじゃねぇ！」という後藤の罵声《ばせい》が響く。

そして争うような物音——。

「何があったの？」

晴香が訊《たず》ねると同時に、舞台袖から一人の男がステージの上に飛び出してきた。

グリーンのつなぎを着た男——飯田だった。

「逃げられると思うなよ！」

それを追いかけるように、後藤と石井も駆け出して来た。

飯田は、反対側の舞台袖に逃げようとしたが、八雲がさりげなく足をかけた。

勢いよく転倒する飯田の上に、後藤が飛びかかり、そのまま後ろ手に手錠をかけてしまった。

「いったい、何が起きてるの？」

晴香は、混乱して訊ねる。

意味が分からないのは、晴香だけではない。羽美や永見、他の役者やスタッフたちも、ステージを取り囲むように集まってきた。

「見ての通りさ」

八雲はポツリと言うと、鋭い眼光を飯田に向けた。

13

「全然、分からない。ちゃんと説明して！」

晴香は八雲に詰め寄った。

八雲は、やれやれという風に、寝グセだらけの髪をかいてから口を開いた。

「セット転倒の犯人は、彼なんだよ」

八雲はそう言って、後藤に押さえつけられている飯田を指差した。

「勝手なこと言ってんじゃねぇ！　おれが、何したっていうんだよ！」

飯田が、身体を捩《ねじ》って叫ぶ。

「少し黙ってろ」

後藤が怒声を上げると、その迫力に臆《おく》したのか、飯田が口を閉ざした。

「どうして、あの人が犯人なの？」

晴香にはそれが分からない。

そもそも、この前セットが倒れた原因は、宮沢と安部が錘《おもり》を置き忘れたからだったはずだ。

「単純な話だ。彼しか、できなかったからだ」

八雲は、さも当然のように言うが、晴香には全く意味が分からない。

「どういうこと？」

「最初に、ステージでセットを組み立てているのを見たとき、錘はあったんだよ」

「え？」

「ぼくは、倒れたセットの土台に、錘が置いてあるのを確認していたんだ」

晴香は全然気にも留めていなかったが、八雲はそこをしっかりと見ていたということなのだろう。

だが、だとしたら――。

「セットが倒れたあと、錘は無かったんだよね」

そう言っていたはずだ。

「そうだ。つまり、誰かが後から動かした――ということになる」

「それが、飯田さん？」

晴香が訊ねると、八雲は大きく頷《うなず》いた。

「彼は、セットの錘を置き忘れたと下級生を叱責《しっせき》していた。だが、さっきも言ったように、錘は後から動かされた可能性が高い。そう考えると、彼の言動が、どうにも不自然に思えた。そこで、ちょっと仕掛けをすることにしたんだ」

「もしかして、それが……」

晴香が言うと、八雲が大きく頷いた。

今、晴香がこうして、主演という大役を担って、ステージに立ったのは、八雲にそうするように指示されたからだ。

事前に、電話で黒川の協力も取り付けていたというわけだ。

そうでなければ、晴香が主演を務めるなどあり得ない。

「そうだ。証拠が無いから、彼にもう一度、同じことをしてもらったというわけだ」

「意図的に私を襲わせたってこと？」

「そういうこと」

八雲は、平然と言う。

おそらく、後藤と石井を密《ひそ》かに護衛に付けていたのだろうが、こういう危険なことが待っているなら、事前に言っておいて欲しいものだ。

「でも、何で飯田さんは、私を襲ったの？」

晴香が訊ねると、八雲はすっと目を細めた。

「君が主演だから――だ」

八雲がポツリと言う。

飯田は、怒りからなのか、悔しさからなのか、ぎりぎりと歯軋《はぎし》りをしている。

「ちょっと待って。何で、私が主演だと襲われるの？」

「正確には、彼は、ある女性に、今回の舞台の主演をやらせたかったんだ」

「どういうこと？」

「黒川さんが言っていたSNSのこと――あれを思い出してみろ」

八雲に言われて、晴香は黒川に目を向けた。

無表情で立っているので、内心は何を考えているのか分からない。

さっき、黒川に話を聞いたとき、何者かから、SNSに〈智子を主演から降ろせ〉という、脅迫めいた書きこみがあったということだった。

「そのメッセージを送ったのも、飯田さんってこと？」

「そうだ。彼は、羽美さんに主演をやってもらいたかったんだ。ところが、黒川さんは要求に応じない。そこで、セットを転倒させ、智子さんに怪我を負わせ、その代役として羽美さんを主演にしようとした」

「どうして、そんなこと……」

「羽美さんは、ストーキングされていたんだろ」

「あっ……」

詳しくは分からないが、永見がそう言っていた。

「そのストーカーは、彼だったんだよ」

八雲が飯田を指差す。

「ふざけんな！　おれはストーカーじゃない！　おれは、ただ羽美を見守っていただけだ！」

飯田が叫んだ。

「え？」

羽美が、わずかに後退《あとずさ》りする。

「羽美には才能がある！　絶対に素晴らしい女優になるんだ！　だから、おれは、羽美を守ってやらなきゃならないんだ！　それなのに、黒川の野郎は、公私混同して、智子とかいうクソガキを主演に据えやがって！　その上、ど素人をステージに立たせるなんて、バカげてる！」

飯田は、激しく暴れながら喚《わめ》き散らす。

おそらく飯田は、女優として、女性として、羽美に心底惚《ほ》れ込んでいたのだろう。しかしその深く歪《ゆが》んだ愛故に、黒川の配役を受け容《い》れることができなかった。

そして、羽美を主演にする為に、セットを転倒させ、智子に怪我を負わせた。それで、羽美が主演になると踏んでいたのに、思いがけず、晴香が現れた。

そこで、同じ方法を使って、晴香に怪我を負わせようとしたということのようだ。

「黙れと言ってるだろ」

後藤が、飯田の頭を押さえつけるようにして黙らせる。

「でも、錘がないくらいでセットが倒れるの？」

晴香が訊ねると、八雲が小さく首を振った。

「それだけでは無理だ。だから、舞台の裏からタイミングを計って、セットを押したんだ」

「そうか——。でも、何で二回も同じ方法を？」

全く同じ方法を使えば、すぐにバレると分かりそうなものだ。

「そこがミソだ」

「どういうこと？」

「急に君が代役に決まったことで、彼は焦ったんだ。単純に、他の方法を考える余裕がなかったんだよ」

八雲の説明を聞き納得した。

だから、八雲はこんなにも急いで仕掛けを施したのだろう。そうしないと、飯田の犯罪の証拠が摑《つか》めない。

飯田は、八雲の仕掛けた罠《わな》に、まんまと嵌《は》まったというわけだ。

「愛情を示すなら、もっと違う方法でやるべきでしたね」

八雲は、ゆっくりと飯田に歩み寄りながら言った。

「黙れ！　全部、黒川がいけないんだ！　あいつが、公私混同で配役を決めるから！　本当は、智子なんかより、羽美の方が実力があるんだ！」

「そんなことは、お前なんかに言われなくても、分かってるよ」

飯田の主張を遮るように、声を上げたのは黒川だった。

「な、何？」

飯田が、驚きの表情を浮かべる。

「あなたは、本気で黒川さんが、公私混同で配役を決めたと思っているんですか？」

そう問いかけたのは、八雲だった。

「そうに決まってる！」

飯田が吠《ほ》える。

「お目出度《めでた》い人ですね」

「何？」

「黒川さんは、最初から羽美さんを主演に据えるつもりだったんです」

「え？」

晴香は、思わず声を上げた。

遠巻きに見ていた羽美も、信じられないという顔をしている。

「黒川さんは、待っていたんです。周囲の目を気にせず、自分の強い意志を持って、主演をやらせてくれ――と申し出る羽美さんを。今回の役には、そういう力強さが必要なんですよ」

「なっ……」

飯田が目を白黒させる。

晴香は、黒川に視線を向けた。無表情で、何を考えているのか分からない。

ただ、八雲が口にした言葉は、真実であるような気がした。そう思う根拠は、「才能があるのに――」と口にした黒川の目だ。

八雲の言う通り、黒川は期待を込めて、羽美が行動に出るのを待っていたのだ。

「嘘だ。だって……自分の恋人を……」

飯田が、足掻《あが》くように言う。

「まだ分かりませんか？　黒川さんは、最終的に羽美さんを主演に据えるつもりだったんです。だからこそ、自分の恋人に、それまでの代役を頼んだんです」

――ああ、そうか。

自分の恋人であれば、事前に真意を伝えておくことができる。だから、敢《あ》えて智子だったのだ。

「だったら、最初からそう言えばいいだろ」

尚《なお》も反論する飯田だったが、その声は震えていた。

「言ったら意味がないでしょ」

「なっ」

「それに、これまで黒川さんは、何度も羽美さんに何が欠けているのか、言い続けてきました。でも、彼女は変わらなかった。言葉で駄目なら——と、黒川さんはリスクを覚悟で荒療治を行ったんですよ」

「どうして、そこまで……」

飯田が困惑の表情を浮かべる。

「簡単に言ってしまえば、演出家としての性《さが》でしょうね」

八雲が、小さく笑みを浮かべながら言う。

「性って？」

晴香が問うと、八雲は面倒臭そうに、ガリガリと寝グセだらけの髪をかく。

「磨けば光る、ダイヤの原石が目の前にあったら、どんなことをしても、輝かせたい——そう思う人種でなければ、演出家など務まらないんだよ」

「そっか」

晴香は、納得の声を上げた。

目の前にある才能を、何とかして開花させようと思うのが、演出家ということだろう。

音楽やスポーツでも同じようなことがある。

その立ち振る舞いから、誤解を招いてはいたが、黒川は、情熱と信念をもった演出家だったということなのだろう。

おそらく、羽美もそのことに気づいていた。

だから、冷たい態度を取られながらも、彼女の口からは、黒川に対する批判が出てこなかったのだ。

「あなたも、羽美さんを見守るんだったら、誰かを蹴落《けお》とすのではなく、黒川さんのように真っ当なかたちでやるべきでしたね」

八雲がそう言うと、飯田は諦《あきら》めたようにぐったりとなった。

一通りの説明を終えたあと、八雲はゆっくりと羽美の方に歩み寄って行く。

「話は、聞いていましたね」

八雲が静かに語りかけた。

羽美は「はい——」と大きく頷《うなず》く。

「このあとは、あなたの行動次第です」

「そのつもりでした——」

羽美は、力強く言うと、ステージを降りて、客席にいる黒川の前に立った。

その表情は、今までにないくらい力強いものだった。これまで、羽美に欠けていた何かが宿った——そんな感じだった。

「黒川さん。お願いです。今回の主演、私にやらせて下さい！」

羽美が、腰を折って頭を下げた。

今、八雲に真相を聞かされたから、羽美はこうして主演を志願しているわけではない。

その前に、羽美の中で心情の変化があったのだ。

それが証拠に、今の羽美には、これまでのような、誰かに頼ってばかりの弱々しさが微塵《みじん》も感じられなかった。

「やるんだったら、本気でやれ。時間はもうない」

黒川が、厳しくも温かい声で答えた。

彼も、羽美の心情の変化を感じ取ったに違いない。

これで終わったのだ——そう思った晴香だったが、肝心なことを思い出した。

「ねぇ。羽美が見た心霊現象って……」

「今回の事件とは、全く関係ない」

八雲が、さらりと言う。

「じゃあ羽美の見間違いってこと？」

「そうは言っていない。舞台袖《そで》に、幽霊はいた」

「でも、八雲君が見たときは、いなかったんでしょ？」

晴香が訊《たず》ねると、八雲は顔を歪《ゆが》めた。

「まだ分からないのか？」

「分からないから、訊《き》いてるの」

「幽霊は、絵里子さんという女性に、憑依《ひょうい》していたんだよ」

「どうして、そんなことが分かるの？」

驚く晴香に、八雲は冷めた視線を向ける。

「君はアホか？　ぼくと、後藤さんは、それを確かめに行っていたんだ」

——そうだったんだ。

というか、何も説明しないで出て行ってしまったではないか。絵里子の様子を見に行くなら、そう言ってくれればいいものを……。

「でも、絵里子さんに憑依した幽霊は、どうなったの？」

「一応は、彼女の身体を離れた」

「良かった……」

「今、そこにいる」

八雲は、そう言って客席の一点を指差した。

晴香には何も見えない。だが、八雲には、そこに幽霊が見えているはずだ。

「大丈夫なの？」

晴香は、おそるおそる訊ねた。

絵里子の身体を離れたとはいえ、その辺りをうろうろしていたら、また心霊現象を目撃することになってしまう。

「別に、彼は危害を加えるつもりはない」

「本当に？」

「ああ。幽霊の正体は、『裁きの塔』を書いた、シナリオライターだ」

「そうなんだ……」

シナリオを書いたものの、その上演を見ることなく、事故で亡くなってしまった学生――。

「黒川さん。あなたに伝言があります」

八雲は、急に黒川の方に向き直った。

「伝言？」

黒川が怪訝《けげん》そうな表情を浮かべる。

「はい。シナリオの最後のページの六行目の台詞《せりふ》を、『なぜ、生きようとしない』に変えて欲しいそうです」

八雲が言うなり、黒川はシナリオを手に取り、真剣な眼差《まなざ》しを向ける。

しばらくそうしたあと、なるほど――と手を打ち、赤ペンでシナリオに書き込みを始めた。

「もしかして、幽霊が彷徨《さまよ》っていた理由って……」

晴香が口にすると、八雲が大きく頷いた。

「そうだ。シナリオにどうしても直したい台詞があったんだ」

「そういうことか……」

だから、「裁きの塔」を上演しようとする度に、心霊現象が起きたのだ。決して、誰かを恨んだりしていたわけではなく、死して尚、作品に情熱を注いでいたということなのだろう。

後藤と石井が、飯田を立たせ、そのまま引き連れて行く。

今度こそ、本当に全てが終わったのだ。

「行くぞ」

ほっとしたのも束の間、八雲がさっさと歩き出した。

「せっかくだから、稽古《けいこ》とか見学していかない？」

「今観たら、もったいないだろ」

八雲は、ポツリと言うと、そのまま歩き去って行った。

確かに八雲の言う通りだ。色々とあったけれど、この作品が、どんな形になるのか、その完成を待つ方がいいかもしれない。

晴香も、八雲のあとを追って歩き出した。

ファイル(Ⅱ)

背後霊の呪い

FILE: Ⅱ

1

影がついてくる——。

それが、自分の影であれば、何も驚くことはない。当たり前のことだ。

だが——。

それは、明らかに自分の影ではなかった。

気づいたのは、駅の改札を抜け、人気《ひとけ》の少ない住宅街に入ってからだった。

住宅の塀、あるいは道路の隅に、ちらちらと自分のものではない影が、見え隠れしている。

——誰かがつけて来ているのだろうか？

振り返ってみたが、自分以外に人の姿はなかった。

素早く身を隠したのかもしれないと思ったが、住宅街の狭い路地では、隠れる場所もない。

そもそも、貧乏学生をわざわざつけまわして何の得があるのだろう。

——勘違いだ。

頭《かぶり》を振って再び歩き出したが、やはりちらちらと影が見える。

そんなことを何度か繰り返しているうちに、男はだんだんと恐ろしくなってきた。

先日言われた言葉が脳裏を過《よ》ぎる。

——私は呪われているの。

彼女は、そう言った。

こちらの誘いを断る為の嘘だと思っていた。

せっかく勇気を出し、これまでずっと胸の内に溜《た》め込んでいた想いを打ち明けたというのに、あんな風に玉砕するとは、夢にも思わなかった。

彼女は、こうも続けた。

——私に近づけば、あなたも呪われる。

なぜ、今、こんなことを思い出すのだろう？

もしかしたら、彼女の言っていたことは、真実なのかもしれない。今、自分をつけて来ている影は……。

「まさか……」

男は、笑い飛ばすように口にした。

そうすることで、妙な考えを振り払おうとした。ところが、意図とは全く逆の効果をもたらした。

言葉にすることで、朧気《おぼろげ》だった認知に、明確な形を与えてしまったのだ。

もし、これが彼女に近づいたことによってもたらされた呪いなのだとしたら——飛躍し過ぎであることは分かっている。だが、一度そう思ってしまうと、どうにも逃れられない。

男は、胸の奥から押し寄せる焦燥感に駆られ、歩調を速めた。

それでも、影は追いかけてくる。

気づけば、さっきよりも距離が近くなったような気がする。

男は、ついに走り出した。

あと五十メートルも行けば、自分の住んでいるアパートの部屋だ。

大急ぎで外階段を駆け上がり、二階の自分の部屋のドアを開け、身体を滑り込ませる。

後ろ手でドアを閉め、ふうっと息を吐いた。

電気を点《つ》け、見慣れた部屋を目にすると、これまでの恐怖が消し飛んだ。日常に触れたことが、そこから逸脱した考えを排除してくれたのだろう。

よくよく考えれば、影を見たくらいで、そんなに怯《おび》えることはなかった。

ただの影だ。

街灯や自動販売機、住宅の窓から零《こぼ》れる灯など、様々な角度から光が当たっている。

昼間ではないのだから、できる影も一つではない。

あの影は、単に自分の影だったのかもしれない。

男は、苦笑いを浮かべつつ部屋に入ると荷物を下ろし、ベッドに寝転がった。

身体がどっと重くなる。

学園祭が近いこともあって、サークル活動がかなり忙しくなっている。疲れのせいで、妙なことを気にしてしまったのだろう。

などと考えていると、キッチンの方から、ぴちゃ——と水の滴る音がした。

水道の蛇口が、きちんと閉まっていないのかもしれない。

ぴちゃ——。

また水が滴る。

このまま、眠ってしまおうと目を閉じた。

ぴちゃ——。

水の滴る音が続いている。

ぴちゃ、ぴちゃ——。

一度気になり出すと、その音が妙に耳障りになった。

男は、気怠《けだる》さを感じながらも身体を起こし、キッチンに向かった。蛇口は、閉まっていた。

いくら見ても、水は滴っていないし、そういうあともない。

ユニットバスかもしれない。アコーディオン式の戸を開け、中を覗《のぞ》いてみる。洗面台の蛇口は、きっちり閉まっているし、トイレの給水口も大丈夫だった。

——気のせいだったか。

そう思った矢先、ぴちゃ——と音がした。

すぐ後ろからだった。

振り返る。が、そこには、何もない。

やはり気のせいだったのだろうと、溜息《ためいき》を吐き、ふと鏡に目を向けた。

男は、はっと息を止めた。

鏡に映っていたのは、自分の顔ではなかった。

青白い顔をした男がそこに映っていた。水の中から顔を出したように、びしょびしょに濡《ぬ》れている男だ。

髪や、顎《あご》先から、ぴちゃ、ぴちゃ——と水が滴り落ちる。

「許さない」

耳許《みみもと》で声がした。

憎しみと怒りがないまぜになったその声を聞き、男はあまりの恐怖に「うわぁ!」と叫びながら部屋を飛び出した——。

2

小《お》沢晴香《ざわはるか》は、その光景を見て、思わず息を止めた——。

サークルの練習が長引き、かなり遅い時間になってしまった。

晴香の所属するオーケストラサークルは、毎年、学園祭でコンサートを開催することになっている。

クラシックだけだと、足を運んでくれる学生が少ないので、流行《はやり》の曲をプログラムに組み込むのが定番だ。つまり、学園祭に向けて新たに覚えなければならない曲が多くなる。

おまけに、パフォーマンスの一環として、軽いダンスも取り入れているので、その分、練習が大変になる。

晴香は、疲労を抱えながら、帰路に就こうと校舎を出た。

秋も深まり、吹き付ける風が痛いと感じるほどだ。

身を縮めるようにして、足早に歩いていた晴香は、キャンパスの中庭まで来たところで、知っている顔を見つけて足を止めた。

街灯に照らされた木製のベンチに座り、項垂《うなだ》れるようにして足許を見つめている。

斉藤八雲《さいとうやくも》だ——。

寝グセだらけの髪に、白シャツにジーンズというの恰好《かっこう》だ。

八雲は、普段は黒い色のコンタクトレンズで隠しているが、その左眼は鮮やかな赤色に染まっている。

ただ赤いだけでなく、死者の魂——つまり幽霊を見ることができるという、特異な体質を持っている。

これまで、八雲はその能力を活《い》かして、様々な心霊事件を解決に導いてきた。

晴香が、八雲と出会ったのも、ある心霊事件がきっかけだった。それ以来、何かとかかわるようになっている。

——何をしてるんだろう？

声をかけようと思ったが、はっと動きを止めた。

八雲の隣には、一人の女性が座っていた。

顔ははっきり見えないが、長い黒髪が印象的で、すらりとしたモデルのような長身だ。

八雲と並んだ姿が、とても馴染《なじ》んでいた。

それでいて、二人の間には悲愴《ひそう》な空気が流れている。

まるで、別れ話をしているカップルのようだ。

——あの女性は誰だろう？

晴香は、ぼんやりと考えた。

これまで、八雲とは様々な事件を経験してきたが、それだけだ。八雲が、どんな生活をしているのかは、全くと言っていいほど知らない。

もしかしたら、あの女性は、八雲にとって特別な女性なのかもしれない。そう思うと、胸が苦しくなり、一歩を踏み出すことができなかった。

そうこうしている間に、女性がゆっくりと立ち上がる。

黒髪が、風に揺れた。

女性は指先で、目頭を拭《ぬぐ》うような素振りを見せたあと、八雲に何事かを言い、そのまま立ち去っていった。

──泣いていたのだろうか？

何だか複雑な心境になった。

座っていた八雲が、晴香の視線を感じたのか顔を上げた。

晴香は、半ば反射的に背中を向けて、逃げるように駆け出した。なぜ、そうしたのか、自分でもよく分からない。

気になるなら直接、「さっきの女性は誰？」と訊《き》けばいいだけだ。

でも、それができなかった。

八雲の返事を聞くのが怖かったのだ。なぜ、怖いのだろう？　疑問は浮かんだが、その答えを出そうとは思わなかった。

答えを出すということは、胸の内に自分でも分からないように隠していた感情の正体を、知ってしまうということだ。

じわっと目頭が熱くなったのは、おそらく乾燥した風のせいだ。

晴香は、そう言い聞かせながら足を動かした。

「小沢さん──」

正門の前まで来たところで、声をかけられた。

一瞬、八雲が追いかけて来たのかと思ったが、すぐにその考えを振り払った。声が全然違うし、そもそも八雲は「小沢さん」などと呼ばない。

振り返ると、そこには、一人の男が立っていた。

同じサークルに所属している渡辺優《わたなべゆう》だ。

渡辺は、背が高く、肩幅もがっしりしている。その体形に似合わず、担当しているのはオーボエだ。

少し吊《つ》り目で、口許がへの字に曲がっているせいか、いつもしかめっ面をしているように見える。

だが、その見た目に反して、話してみると、穏やかで、他人に気遣いのできる優しい人物だ。

「何？」

晴香が返事をすると、渡辺は足早に駆け寄ってきた。

唇を固く引き結び、晴香を見据えている。本人にそのつもりはないのかもしれないが、怒っているように見える。

「あの……」

そう言ったあと、渡辺は俯《うつむ》いた。

何だか分からないが、いつもと様子が違う。もの凄《すご》く緊張しているようだ。それが証拠に、何度も拳《こぶし》を握ったり、緩めたりしている。

なぜ、渡辺は自分に声をかけてきたのだろう？　そもそも、何か用事があるなら、わざわざ追いかけて来なくても、練習の合間にでも話してくれれば良かったのに。

そういえば、渡辺は、今日、精彩を欠いていた。

指揮者に、何度も同じ箇所を指摘され、最後まで上手《うま》くいかなかった。練習に、まるで身が入っていないという感じだ。

練習に集中できていないのは、この頃、渡辺について囁《ささや》かれている噂に関係しているのかもしれない。

——もしかして。

晴香は、ここにきて、渡辺が自分に声をかけてきた理由に思い至った。

だが、あくまで推測に過ぎない。向こうが喋《しゃべ》るまで、余計なことは言わない方がいいだろう。

「どうしたの?」

晴香は、できるだけ自然な表情を心がけて訊《たず》ねた。

渡辺は、まだ迷っているのか、視線を足許に落としたまま動かない。

しばらく待っていると、渡辺はようやく覚悟を決めたのか、すっと顔を上げた。真っ直ぐな視線が、晴香を射《い》貫《ぬ》く。

「実は——小沢さんに、少し、相談があったんだ」

渡辺が、たどたどしい口調で言う。

「相談?」

晴香は、内心で「やっぱり」と思いながら口にする。

「ああ。それで、その……少し、話せないかな?」

渡辺が言った。

断ることもできる。本当は、断った方がいいのだろう。だが、こういうとき、それができないのが、晴香の悪い癖だ。

こんなだから、八雲にトラブルメーカーと罵《ののし》られるのだ。

そう思った瞬間、晴香の脳裏に、さっきの女性の姿が浮かんだ。涙を拭い、黒く長い髪を、風になびかせた女性——。

気にしてしまっている自分が、何となく嫌だった。

「分かった。いいよ」

晴香は、考えがまとまらないうちに、返事をしていた。

渡辺の顔が、ほっとしたように緩む。普段の気難しい顔とのギャップで、何だか幼く見えた。

晴香は、渡辺と一緒に学食に足を運び、空いているテーブルに向かい合って腰掛けた。

中庭を通るとき、辺りを見回してみたが、八雲の姿も、あの女性の姿も、見つけることはできなかった。

見つけたからといって、話しかける勇気があるわけではない。

考えと行動が、ちぐはぐで、自分でも気持ちが悪かった。

「それで相談って何？」

晴香は、平静を装って切り出した。

「実は……その……急に、こんなこと言ったら、変な奴だと思われるかもしれないけど……」

渡辺の口調には、迷いが滲《にじ》んでいた。

疑われたり、馬鹿にされることを恐れているのかもしれない。

「何？」

晴香は、真剣な眼差《まなざ》しを渡辺に向けた。

「おれ……最近、妙なものにつきまとわれてるんだ……」

そう言ったあと、渡辺の目が左右に揺れた。

「妙なもの？」

「信じてもらえないかもしれないけど……幽霊につきまとわれてるんだ……」

――案の定だ。

真っ先に、晴香はそう思った。

最近、渡辺が幽霊につきまとわれているという噂があった。だから、渡辺から、相談があると聞いたとき、心霊がらみの話だとピンときた。

困ったことに、大学内で、晴香が心霊がらみの事件に詳しいという噂が流れている。

幾つもの心霊事件に関わったのは事実だが、実際に事件を解決したのは、斉藤八雲だ。

晴香は、ただ近くで見ていたに過ぎない。

人の噂というのは、どこでどう食い違うか分かったものではない。

「おれを、助けて欲しいんだ」

渡辺はそう言うと、懇願するような目で晴香を見た。

詳しい事情は分からないが、渡辺は相当に困っているようだ。こういう人を見て、トラブルになると分かっていながら、放っておけないのが、晴香の大いなる欠点だ。

自分でできることなら、二つ返事で引き受けるのだが、心霊事件を解決する力が、晴香にはない。八雲が動いてくれない限り、どうすることもできない。

だとしたら、八雲に頼めば済むことなのだが、今は八雲に会いたくない——そんな風に思ってしまった。

3

晴香は、午前中の講義を終えたあと、B棟の裏手にある、プレハブ二階建ての建物に足を運んだ。

幾つもの小部屋に仕切られていて、大学が、サークルや同好会の拠点として貸し出している建物だ。

晴香は、その中の一階の一番奥、〈映画研究同好会〉というプレートが貼られたドアの前に立つ。

〈映画研究同好会〉ということになっているが、そんなものは嘘っぱちだ。

ここには、八雲が文字通り住んでいる。

大学の学生課に、適当な書類を提出し、架空の同好会を立ち上げ、自分の部屋にしてしまっているのだ。

普通にドアを開ければいいのだが、今日はすぐに身体が動かなかった。

おそらくは、昨晩、八雲が見知らぬ女性と一緒にいるのを見てしまったからだろう。

——何でそんなことを気にするのだろう？

考えてみたが、答えは出なかった。

だいたい、八雲が女性と一緒にいたからといって、何だというのだ。晴香の知らない恋人や友人がいたところで、別に不思議なことではない。

そもそも、八雲とは友人に過ぎないのだから、晴香がどうこう言える立場ではない。

いや、一緒に幾つかの事件を解決したというだけで、八雲からしてみれば、友人ですらないのかもしれない。

少し凹《へこ》むが、まあ、その程度の関係なのだから、いちいち気にすることはない。

頭では分かっているのに、心の中に芽生えたしこりが消えないのが、どうにも悩ましいところだ。

何にしても、こんなところに突っ立っていたところで、何の解決にもならない。

晴香は、意を決してドアをノックした。

返事はなかった。

あとで出直すことも考えたが、そうすると、再び足を運ぶ勇気はなくなりそうな気がした。

のは残念なのだが、少しほっとしてもいた。

こうやって、意識したときに限って、空振りに終わったりするものだ。八雲がいない
薄暗い部屋は、しん——っと静まり返っていた。

声を上げながらドアを開ける。

「やあ——」

幸い、今日は午後の授業がない。八雲が戻って来るまで、待たせてもらうことにした。
晴香は、部屋に入り、パイプ椅子に腰掛ける。
部屋の中央には、テーブルが置いてあり、奥には冷蔵庫が設置されている。壁際には、
寝袋が転がっていた。
部屋の主《あるじ》がいないと、殺風景な部屋が、余計に無機質に思える。
小さく溜息《ためいき》を吐いたところで、ドアが開き、八雲が部屋に入ってきた。
いつもと変わらぬ仏頂面で、晴香を見下ろすと、面倒臭そうに、ガリガリと寝グセだ
らけの髪をかいた。
「君は、他人の部屋で、何を呆《ほう》けているんだ」
八雲が気怠《けだる》げに言う。
「べ、別に、呆けてなんていません」

「虚《うつ》ろな目で、口を半開きにしているのを、呆けていると言わず、何と言う」

「そ、そんな顔してません！」

慌てて抗議しつつも、自分の顔に手を当てて確認してしまう。

そんな顔を見られたかと思うと、心底恥ずかしい。

「で、君は何しに来たんだ？」

八雲は、定位置である椅子に座ると、目を細めて言った。

「何って別に……」

晴香は口籠《くちご》もった。

本当は、渡辺から心霊現象の解決を頼まれて足を運んだのだが、八雲の口ぶりは、それを見透かしているようだった。

ここで、渡辺の一件を口にしたら、それこそただ一緒に事件を解決するだけの関係になってしまいそうな気がした。

「別に――何だ？」

八雲が、冷ややかな視線を向けてくる。

「ただ、ちょっと時間が空いたから、遊びに来たというか……」

自然になるように、笑みを浮かべてみたが、鏡で確認するまでもなく、引き攣《つ》っているのが分かる。

「君は、嘘が下手だな」

案の定、あっさりと八雲に見破られた。

が、それを認めてしまうのは、何だか癪《しゃく》に障る。

「嘘じゃないよ」

自信の無さから、否定する声が小さくなってしまった。

「そうか。用が無いなら、さっさと帰ってくれ」

八雲が、しっしっと手を払った。

今の言い方だと、用事が無ければ、来てはいけないみたいだ。正直、少しは八雲との距離を縮められたと思っていただけに凹む。

このまま立ち上がって、帰るべきなのだろうが、それだと、渡辺の一件を放置してしまうことになる。

悩んだ挙げ句、晴香は白旗を揚げることにした。

「実は、八雲君に相談があったの……」

晴香がそう切り出すと、八雲はふうっと息を吐いた。

「だったら、最初からそう言えばいい。妙なところで意地を張るな」

八雲が、まるで母親のような小言を並べる。

自分自身で、分かりきっていることを、こうやって改めて言われるのは、本当に腹が立つが、晴香はその怒りをぐっと呑《の》み込んだ。

「ごめん……」

「で、どんな心霊現象だ？」

八雲が、退屈そうにしながらも訊《たず》ねてきた。

「聞いてくれるの？」

晴香は、驚きとともに口にした。

八雲が素直に心霊現象の相談に乗ってくれたことは、ほとんどない。いや、初めてといっていいかもしれない。

いつも、何だかんだと難癖をつけ、そうした話をかわそうとする。

「この時期は、色々と出費が多いんだ」

――ああ、そういうことか。

八雲が、珍しく話を聞こうとしているのは、報酬目当てということらしい。

「そんなに多くはないけど、報酬は出すって言ってたから、大丈夫だと思う」

既に、渡辺には報酬のことは伝えてある。どうせ、八雲が請求するだろうから、事前に話をしておいたというわけだ。

「幾らだ？」

「それは、八雲君が交渉してよ」

晴香が主張すると、八雲はやれやれといった風に首を振った。

「君は、それでも助手か？」

「は？　私、助手になった覚えはありません！」

晴香は、むきになって声を上げた。

どうやら、八雲にとって、晴香は助手という立場らしい。友だちではない——と線引きされたみたいで、苛立《いらだ》ちが募る。

「君が受けて来た案件だ。金額交渉は、君がするのが筋ってもんだろ」

「そうかな?」

「そうだ。間に入った以上、君にはエージェントとしての責務がある」

今度はエージェント扱いだ。

それは、助手より立場が上なのだろうか? それとも下なのだろうか? 疑問はあるが、責務と言われてしまうと、何だか自分がやらなければならない気がしてきた。

「分かったわよ」

言いくるめられたという感じがしないでもないが、晴香は口を尖《とが》らせながら応じた。

「で、どんな心霊現象なんだ?」

八雲が頬杖《ほおづえ》を突きながら、訊ねてきた。

晴香は、頷《うなず》いてから渡辺の身の上に起きたという心霊現象を喋《しゃべ》り始める。

一週間ほど前から、渡辺は奇妙な影につきまとわれるようになったのだという。最初は、勘違いだと思っていた。だが、その影は次第に存在感を増していった。

そして、ついにその姿を現した。

鏡に映った、ずぶ濡《ぬ》れの男のことを聞いたときは、晴香も思わず身震いした。自分の部屋で、そんなものを見てしまったら、恐ろしくて部屋に戻る気にはなれない。

このところ、渡辺が練習でミスを連発していた理由も頷ける。

「どう思う？」

話を終えたところで、晴香は八雲に訊ねた。

「どうとは？」

八雲が、あくびを噛《か》み殺しながら聞き返してくる。

「何とかなりそう？」

晴香の質問に、八雲が心底嫌そうな顔をした。

「君は、いつまで経ってもアホなんだな」

確かに、八雲のように先読みしながら会話をすることはできないし、あまり応用の利かない方だとは思う。だが――。

「アホは言い過ぎだと思わない？」

「思わないから、アホと言っているんだろ」

――むかつく！

平手打ちの一つもお見舞いしてやりたいところだが、平和主義者なので止めておいた。

「分かるように言ってよ」

「今の話だけでは、何も判断できないと言ってるんだ」

「どうして？」

「幽霊は、渡辺という人に憑《つ》いているのか、あるいは部屋に憑いているのか、判然としない。それに、幽霊に憑かれるからには、何かしら要因があるはずだが、それが何なのかも分からない」

「まあ、そうだね」

「そんな状態で、結果を推測するなんてアホのやることだ」

八雲がきっぱりと言う。

「そうだね……」

晴香は少し反省した。

結論を急《せ》くなとは、何度も八雲に言われていたことだ。状況が分かっていないうちに、「何とかなりそう？」などと結果を求めるのは、まさにそれだ。

「まあ、何にしても、まずはその渡辺という人物に会ってみる必要がありそうだ」

八雲が、眉間《みけん》に人差し指を当て、鋭い眼光で言った。

4

「ねぇ。映画研究同好会は、学園祭で何かやるの？」

晴香は、隣に座っている八雲に訊ねてみた。

あのあと、渡辺に連絡を取り、大学の学食で待ち合わせをすることになり、窓際にあるテーブル席に着いた。

「なぜ、そんなことを訊《き》く？」

八雲が不思議そうに晴香に目を向ける。

「なぜって、特に理由はないよ。ただ、どうするのかな――って思っただけ」

同じ大学ではあるが、八雲と話をするときは、いつも心霊事件のことばかりで、学園生活について話したことはなかった。

改めて考えると、それはとても不自然なことのように思える。

八雲と会っていても、どこかその存在を遠くに感じてしまうのは、当たり前の日常について、何も話していないからなのかもしれない。

「何も」

八雲は、あくびを噛み殺しながら答える。

「どういうこと？」

「どうも、こうもない。何もしないと言ってるんだ」

「学園祭なのに？」

「ああ。正直、興味はない。それに、映画研究同好会はただの口実だ。所属しているのは、実質、ぼく一人だから、何もできやしない」

――仰《おっしゃ》る通り。

〈映画研究同好会〉は、八雲が部室を私物化する為に作った、架空の同好会なのだ。学園祭で、何かをやる理由なんてどこにもない。

「そうだったね」

「そういうことだ」

「今まで、学園祭に参加したことあるの？」

「ない」

これまた即答だった。

まあ、学園祭ではしゃいでいる八雲など想像できない。想定通りの答えだ。

「少しは、学園生活を楽しもうとは思わないの？」

晴香が訊ねると、八雲が左の眉《まゆ》をぐいっと吊《つ》り上げて冷ややかな視線を向けてきた。

「大学は勉学に勤《いそ》しむところで、青春を謳歌《おうか》するところではない」

八雲がきっぱりと言う。

その途端、晴香の脳裏に、黒髪のあの女性の顔が浮かんだ。胸に刺すような痛みが走り、どろっとした何かが溢《あふ》れてくる。

「そんなこと言って、結構、楽しんでいるんじゃないの」

言うつもりはなかったのに、思わず言葉が出てしまった。

「君は、何を言っているんだ？」

八雲が眉間に皺《しわ》を寄せる。

こういう顔をされても仕方ない。これでは、嫉妬《しっと》と束縛の上に小うるさい、嫌な女になってしまう。

というか、もう嫌な女になっている。

どうせ、あの女性のことを訊くなら、こんな回りくどいやり方ではなく、素直に訊けばいいのだが、なぜだかそれができない。

ふうっと溜息《ためいき》を吐いたところで、こちらに向かって歩いてくる渡辺の姿が見えた。

渡辺は、こちらの存在に気づくと、軽く会釈をして歩み寄って来た。

「こちらは、斉藤八雲君。で、同じサークルの渡辺君」

晴香がそれぞれを紹介する。

渡辺は「よろしくお願いします」と、八雲に向かって頭を下げる。

が、八雲は無反応だった。

「とにかく、座って——」

晴香は、渡辺を促し向かいの席に座ってもらう。

八雲は相変わらずの無表情だ。

人見知りというわけではないのだが、八雲は時折、初対面の相手にこういう態度を見せることがある。

どうしてなのかは、晴香にもよく分からない。八雲なりに、何か感じるところがあるのかもしれない。

何にしても、このまま黙っていても何も始まらない。

「まだ、つきまとわれてたりするの？」

晴香が訊《たず》ねると、渡辺が大きく頷《うなず》いた。

「昨日も、帰り道にずっとついて来てた。それから、部屋の中にも入って来て……。おれ、どうしたらいいのか分からなくて……」

渡辺が、頭を抱えるようにしながら言った。

その声は、恐怖からか、昨日よりも震えているような気がする。

「八雲君」

晴香は、八雲に目を向ける。

八雲は品定めするみたいな目で、じっと渡辺を見ている。

「四十代の男性――」

長い沈黙のあと、八雲がポツリと言った。

渡辺が、「え？」と顔を上げる。

「今、あなたの背後に立っている」

八雲が、そう言って渡辺のすぐ後ろを指差した。渡辺が腰を浮かせるようにして、慌てて振り返る。

晴香も、渡辺の背後にじっと目を凝らしてみる。

何も見えなかった。だが、八雲は違う。今は黒い色のコンタクトレンズで隠しているが、その赤い左眼は、幽霊を見ることができる。

「渡辺君には、幽霊が憑いているの？」

晴香が訊ねると、八雲は小さく溜息を吐いた。

「さっきから、そう言ってるだろ」

冷淡な口調だ。

普通の人からしてみれば、幽霊を目にすることは特別なことだが、八雲にとってはそうではない。常に見えているのだ。

だから、幽霊が見えたくらいで、いちいち狼狽《ろうばい》したりはしない。

「四十代の男の人ですか？」

渡辺が、おずおずとした口調で訊ねてくる。

「ええ。あなたの背後に、ぴったりと」

八雲が目を細める。

「今もですか？」

「いますよ」

八雲がさらりと言う。

その途端、渡辺の顔から血の気が引いた。額には、玉のような汗が浮かぶ。

相当に動揺しているようだ。

「た、助けて下さい。お願いします」

渡辺は、テーブルに付くほどに頭を下げた。

「助ける為に、質問に答えて下さい」

八雲が、冷ややかに言う。

「な、何でしょう？」

「さっきも言いましたが、あなたに憑《つ》いているのは、四十代と思われる男性です。細身で、彫りが深い顔立ちです。心当たりは？」

「ありません」

渡辺は頭《かぶり》を振る。

「最近、いわゆる心霊スポットのようなところに、足を運んだりしましたか？」

「いいえ。そういうのは好きではないんで……」

「では、質問を変えましょう。あなたは、誰かから恨みを買うような何かをしましたか？」

「そんな恨まれるようなことは、何も……」

「本当ですか？」

八雲が、疑いに満ちた視線を渡辺に向ける。

「ほ、本当です」

渡辺は、身を乗り出すようにして訴える。

「そうよ。渡辺君は、恨まれるような人じゃないよ」

晴香が口添えすると、八雲は不満そうに口許《くちもと》を歪《ゆが》めた。

「君は、彼の何を知っている？」

「え？」

「君が知っているのは、サークルの仲間としての彼の姿だろ。大学の外で、あるいは過去に、どんな人物なのかまでは分からないはずだ」

「それは、そうだけど……」

「君の知らない彼の一面だってあるはずだ。殺人事件があったとき、加害者の周辺人物が、こんなことをする人だとは思わなかった——と言っているのを、頻繁に聞くだろ。あれと一緒だ。人間は、思いもよらぬ一面を持っている」

理路整然と言う八雲に、反論の言葉が見つからなかった。

だからといって、八雲の意見に全面的に納得したわけではない。全てを知ることはできなかったとしても、分かることがあるはずだ。

ただ、晴香には、それを上手《うま》く説明するだけの話術がない。

「おれが、殺人犯だって言いたいんですか？」

渡辺が絞り出すように言った。

八雲が、今話したのは喩《たと》えであって、そうと言い切っているわけではない。極端に捉《とら》えすぎてはいるが、渡辺がそういう思考に陥る気持ちも分かる。

「あなたは、殺人犯なんですか？」

八雲が平然と問う。

「違います！　なぜ、そんなことを訊《き》くんですか？」

温厚な渡辺が、荒い口調になっていた。

「あなたの背後に憑いている霊は、強い怒りを持っています」

八雲は、渡辺とは対照的に冷静な口調で言う。

「怒り？」

「ええ。とても怒っています。その怒りは、あなただけに向けられています」

八雲が、渡辺の顔を指差した。

「おれだけに……」

「そうです。あなたは、幽霊の怒りを買うような、何かをしたはず」

「し、知りません」

渡辺は、目を丸くしながら答える。

「本当ですか？」

「本当です」

「嘘は止めて下さい。何かあったから、霊は、あなたに対する怒りを抱いているんです」

「本当に知りません！」

渡辺は、叫ぶように言いながら立ち上がった。

そのまま、しばらく八雲と睨《にら》み合っていた。二人の視線がぶつかり、火花が散る。

しばらく沈黙が続き、先に視線を逸《そ》らしたのは渡辺だった。

俯《うつむ》くようにして、下唇を嚙《か》んだあと、何かを言いかけたが、結局、黙ってその場を立ち去ってしまった。

5

「何で、あんなこと言ったの？」

渡辺の姿が見えなくなるのを待ってから、晴香は八雲に訊ねた。

「追いかけなくていいのか？」

八雲は、何食わぬ顔で椅子にふんぞり返る。

全然、質問の答えになっていない。

「私の質問に答えてよ」

晴香が強い口調で言うと、八雲は面倒臭そうに、ガリガリと寝グセだらけの髪をかいた。

「彼にとり憑いているのは、その辺を彷徨《さまよ》っている浮遊霊じゃない。明確な意志を持って、彼の背後に憑いている」

「背後霊ってこと？」

「驚いたよ」

八雲が目を丸くした。

この反応——もしかして。

「当たり？」

晴香は嬉々《きき》として言った。

いつも、馬鹿にされてばかりなので、偶《たま》には正解を言い当てて、八雲を驚かせるのも悪くない。

「ハズレだ」

八雲が溜息《ためいき》交じりに言う。

「え？」

「ぼくが驚いたのは、君のあまりの単細胞ぶりにだ」

「何それ！」

「でかい声を出すな」

八雲は、耳に指を突っ込んでうるさいとアピールする。

「単細胞って、どういう意味よ」

「そのまんまだ。まさか、背後に立っている幽霊のことを背後霊だと思ってるんじゃないだろうな」

「それは……」

正直、そう思っていたが、八雲のこの口ぶりからして、それは誤った認識らしい。

「背後に立っているのが背後霊なら、前に立っているのは前方霊というのか？　横に立っていたら横霊。右斜め前なら、右斜前方霊ってことになる」

「ごめん。私が悪かった。認めるから、もう止めて」

晴香は堪《たま》らず顔を伏せた。恥ずかしさで、顔が真っ赤だ。

八雲の言う通りなのだが、こんな風に、傷口を抉《えぐ》るような言い方をしなくてもいいのに――。

「そもそも、背後霊は守護霊ともいって、一人に一人ずつ憑くといわれている。その人の先祖の霊であることが多いらしい。その目的は、その人を守る為だと考えられている」

八雲が、落ち着いた口調で語り出した。

「そうなんだ……」

「ただ、これはスピリチュアリズムによる定義づけに過ぎない。ぼくの経験上、守護霊なんて見たことがない」

「いないの？」

「先祖の霊が、子孫に憑くことはあるだろうが、全員ということになると、疑問を抱かざるを得ない」

八雲の説明を聞き、なるほど――と感心した。

霊に関しては、様々な考え方があるが、実際に見える八雲の言うことには、やはり説得力がある。

「話が逸れてしまったな……」

八雲が咳払《せきばら》いをする。

「そうだったね」

そもそもの質問は、背後霊の存在についてではない。なぜ、八雲が渡辺に、あんな厳しい質問をしたのか──だ。

「さっきも言ったが、彼に憑《つ》いている霊は、彼に対して強い怒りを持った上で、彼につきまとっている。何の理由もなく、そんなことをすると思うか？」

「思わない」

晴香は、即答した。

「そういうことだ。彼は、幽霊の怒りを買うような何かをしたはずだ」

八雲は常々、幽霊は妖怪《ようかい》でも、新種の生物でもなく、元は生きた人間だと口にしている。つまり、幽霊も人だと認識しているのだ。

何の理由もなく、渡辺につきまとうわけがないと八雲は考えているのだろう。

「でも、渡辺君は何もないって……」

「あれは嘘だろうな」

八雲が、さらりと言った。

「どうして？」

あんなに怯《おび》えていて、しかも自分から助けを求めてきたのに、嘘を吐く理由があるのだろうか？

「どうしてって……。君の頭の中は、つくづくお花畑だな」

——酷《ひど》い言われようだ。

「違います！」

「だったら、分かるだろ。人は、都合の悪いことを隠す為に嘘を吐くんだ」

「どうして、渡辺君が嘘を吐いているって思うの？」

晴香の目から見て、渡辺は決して嘘を吐いているようには見えなかった。

「簡単だ。彼は、ぼくに質問されたとき、落ち着きなく視線を彷徨わせていた。それだけじゃない。吃音《きつおん》が出たり、あからさまに声を荒立てたりもした。動揺していると見るのが妥当だ」

そう言われてみれば、そうだったような気がする。

これまで、八雲が様々な心霊事件を解決することができたのは、単に幽霊が見えるからというだけではない。

類《たぐ》い希《まれ》な洞察力と、推理力があってこそだ。

「でも、そうだとしたら、渡辺君は何を隠してるんだろう？」

「さあな」

八雲は、そう言いながら立ち上がると、そのまま歩き去ろうとする。

「ちょ、ちょっと待って。どこ行くの？」

晴香は、慌てて呼び止める。

「どこって、帰るに決まってるだろ」

「渡辺君のことは？」

「知らない」

「そんな無責任なこと言わないでよ」

「何が無責任だ。本人が、真実を喋《しゃべ》ってくれないのであれば、解決のしようがない。それに、彼の方から出て行ったんだ」

八雲は肩を竦《すく》めてみせる。

確かに、八雲の言う通りではある。嘘を吐かれていては、どうにもならないし、この先、依頼をどうするのかも言わず、渡辺は行ってしまったのだ。

それは分かっている。だが――。

「何とかならない？」

晴香が声を上げると、八雲が不思議そうに首を傾げる。

「君は、何を言ってるんだ？」

「何って、渡辺君のことだよ。このまま、放っておくことはできないよ」

晴香が主張すると、八雲は盛大に溜息を吐いた。

「ここまで来ると、お節介を通り越して、アホなんだろうな」

「アホって……」

「君が、彼にそこまでする理由は何だ？」

八雲が眉間《みけん》に皺《しわ》を寄せながら問いかけてくる。

彼は、過去の経験から、損得だけで人間感情が成り立っていると思っている節がある。

だから、何かをするときに、明確な理由を求めるのだ。

だけど、人間関係は、それだけじゃない。綺麗《きれい》事なのは分かっているが、報いが無かったとしても、誰かの為に、何かするということはある。

それに、話を聞くだけ聞いておいて、放置してしまうというのは、どうにも寝覚めが悪い。

晴香がそのことをつたない言葉で並べ立てると、八雲は苛立《いらだ》たしげに舌打ちを返してきた。

こんな態度を取ってはいるが、八雲だって、困っている人を見て、放置できるタイプではない。

晴香は、そう信じて八雲の言葉を待った。

「一応、調べるだけは調べてやる」

八雲は、不機嫌そうにしながらも、そう言った。

「本当？　ありがとう！」

晴香は跳び上がるようにして歓喜した。

これが八雲のいいところだ。何だかんだ言っても、頼りになる。

「その代わり、報酬は君に請求するからな」

八雲が、晴香の頭をぽんっと叩《たた》いた。

——嘘。何で私？

反論は色々あるが、解決すれば、渡辺も報酬を払ってくれるはずだと楽観的に考えることにした。

6

晴香は、〈映画研究同好会〉の部屋の椅子に座っていた。

あのあと、八雲は電話で後藤《ごとう》と石井《いしい》を呼び出し、彼らの車で大学を出て行った。

後藤と石井は、〈未解決事件特別捜査室〉というところに所属する刑事だ。

八雲の特別な能力のことを知っている、数少ない協力者で、これまで数々の事件を解決に導いてきた。

持ちつ持たれつの関係でもある。

八雲は、後藤と石井の協力を得て、過去に起きた殺人、自殺、事故、行方不明者等のリストから、渡辺に憑いていた幽霊に該当する人物を、見つけ出そうという算段のようだ。

晴香の方は、渡辺について、色々と調べておくように仰せつかった。

サークルのメンバーに訊《き》いて回り、調べることができたのは、実家が山梨県で、現在は一人暮らし。両親は健在で、地元で果樹園をやっている。恋人はいない。これまで、大きな問題を起こしたことはない。くらいのものだ。

あまり役に立つとは思えない。

八雲の話を聞いて、もしかしたら、渡辺の思わぬ一面が明らかになるかもしれないと思っていたところもあるので、正直、拍子抜けだった。

果たして、こんなことで、本当に事件が解決するのだろうか？

などと考えていると、ノックの音がしてドアが開いた。

八雲が帰って来た——慌てて振り返った晴香だったが、ドアの前に立つ人物を見て、目を丸くした。

そこにいたのは、髪の長い女性だった。

綺麗な顔立ちをしているのだが、陰が張り付いていて、どうにも幸薄い印象がある。

昨晩、八雲と一緒にいた女性だ。

「あの……ここに斉藤八雲さんは？」

女性は、晴香の存在に少し驚いた素振りを見せたが、すぐに表情を引き締めて訊《たず》ねてきた。

「あっ、えっと、今はいません」

晴香は、立ち上がりながら答える。

やはり背が高い。晴香は、少し見上げる恰好《かっこう》になる。

「そう……」

女性は、そう言って長い睫《まつげ》を伏せた。

彼女の放つ雰囲気は、少し異様だった。哀しみを抱えたまま、彷徨《さまよ》っている——そんな印象だ。

もしかしたら、この女性は、八雲の恋人で、昨晩、二人でいるところを目撃してしまったのだろうか？

だが、これまで、八雲から女性の存在を感じたことはなかった。

しかし、それは晴香自身が、そう思い込もうとしていただけなのかもしれない。そもそも、八雲に恋人がいたところで、晴香にはそれをとやかく言う資格はないのだ。

「あの……何かご用でしょうか？」

晴香が訊ねると、女性は小さく頭《かぶり》を振った。

微《かす》かに揺れる長い髪から、ほんのりと甘い香りがした。

「いえ。また、出直します」

女性は、それだけ言うと、くるりと背中を向けて部屋を出て行こうとする。

「待って下さい」

晴香は、思わず女性を呼び止めた。

女性が振り返る。やはり、その目には、暗い陰がある。

「何でしょう？」

女性が聞き返してくる。

すぐに言葉が出てこなかった。それはそうだ。自分でもなぜ呼び止めたのか、よく分からないのだ。

ただ、そうしなければならないという衝動が、ふっと湧いてきただけなのだ。

「もしよければ、話を聞かせてくれませんか？」

色々と考えた末に、そう言った。

——私は、何をしているのだろう？

その疑問が頭を過《よ》ぎった。

が、既に出てしまった言葉を、今更引っ込めることはできない。

「あなたに話しても、意味がないわ」

女性が、静かに言う。

「どうしてですか？」

「私は、呪われているから……」

女性は、目を細めて遠くを見るようにポツリと言った。

想定していたのと、あまりに異なる言葉であった為に、意味を理解するのに時間を要した。

「呪われているって……どういうことですか？」

晴香は、眉《まゆ》を寄せながら訊ねた。

比喩《ひゆ》で「呪われている」と言ったわけではなさそうだ。それ故に、余計に分からなくなる。

「言葉のままよ」

「それって……」

「どうせ、説明したって信じないわ。彼も、そうだったし……」

彼女はそう言ってから、自嘲《じちょう》気味に笑った。

「彼って八雲君のことですか？」

「そう」

「あの……」

「もういいの。どうせ、私なんて生きている意味はないんだから」

彼女は、投げ遣《や》りに言うと長い睫を伏せ、視線を落とした。その顔が、とても綺麗《きれい》に見えた。

同時に、今にも消えてしまいそうなほど儚《はかな》くも映った。

しばらくの沈黙のあと、彼女は、長い髪を揺らし、晴香に背中を向けると、ドアに手をかけ、部屋を出て行こうとする。

「待って下さい」

晴香は、声をかけた。

――生きている意味はないんだから。

さっき、彼女はそう言った。

何があったのか、詳しいことは分からないが、死を匂わせるような言葉を発する人を前にして、放っておけなかった。

ただのお節介であることは分かっているが、それでも――。

彼女は、一瞬だけ晴香を振り返ったが、返事をすることなく、ドアを開けて部屋を出て行ってしまった。

バタン――という音とともに、〈映画研究同好会〉の部屋に、再び静寂が訪れる。

このまま、彼女を行かせてしまっていいのだろうか？

その答えが出る前に、晴香は〈映画研究同好会〉の部屋を飛び出し、視線を走らせ、彼女の姿を探した。

――いた！

足早に歩いている黒髪の女性を見つけ、晴香は一気に駆け出した。

昨日、中庭のベンチで、八雲と並んで座っているのを見たときは、彼女は八雲の恋人ではないかと思っていた。

何か仲違《なかたが》いでもして、深刻な表情で話し込んでいるのだ――と。

だから、さっき、八雲の隠れ家である〈映画研究同好会〉の部屋に足を運んで来たのも、その延長線上のことだと考えていた。

だが、彼女の言葉が、晴香の中にあるそうした考えをひっくり返した。

——私は、呪われているから。

あの言葉から推察するに、彼女は何か心霊現象を体験していて、救いを求めて八雲の許《もと》を訪れたのだろう。

それだけではない。彼女は「生きている意味はないんだから」とも言っていた。彼女が直面する心霊現象が、どんなものかは分からないが、死のうと考えるほどに、彼女を追い詰めているに違いない。

彼女を、このままにしておくことはできない。

「待って下さい！」

中庭に差し掛かったところで、晴香は声を上げた。

彼女が、足を止めてゆっくり振り返る。視線が合うと同時に、少し驚いたような表情を浮かべた。

まさか、追いかけてくるとは、思ってもみなかったのだろう。

「あの……話を聞かせてもらえませんか？」

晴香は、息を切らしながらそう言った。

「どうして？」

彼女が、怪訝《けげん》な表情を浮かべる。

それはそうだろう。彼女からしたら、晴香が何者かも分からないのだ。

「私、小沢晴香といいます。八雲君とは、友だちというか、その……助手のようなもので……」

晴香は、助手の部分を強調して言った。

推測が正しいとすると、友人という表現より、助手と名乗った方が、効果があるような気がしたからだ。

「助手……」

「はい。あなたは、心霊現象で悩んでいて、八雲君に相談しようとしたんですよね？」

晴香は早口に言った。

彼女から返事はなかったが、否定するような様子もなかった。おそらく、推測は正しかったのだろう。

「私でよければ、話を聞かせてもらえませんか？」

晴香は、そう声を上げた。

きっと八雲がこの光景を見たら、またトラブルメーカーだと罵《ののし》るだろう。自分でも、余計なことだということは、重々承知している。

それでも、さっきの彼女のあの哀しげな表情を見て、どうにも放っておけなかった。

きっと、彼女と八雲のことを、変に邪推してしまったことに対する贖罪《しょくざい》の気持ちもあったのだろう。

「断られたのよ」

彼女が、ポツリと言った。

「え？」

「斉藤さんに、相談したんだけど、勘違いだって言われたわ……」

彼女は、寂しそうに視線を落とした。

おそらく、昨日、晴香が目にしたのは、そのやり取りだったのだろう。八雲に心霊現象を全否定された彼女は、失意とともにあの場を立ち去った。

だが、それでも、納得できなくて、さっき、再び八雲の隠れ家である〈映画研究同好会〉の部屋を訪れた。

それだけ、彼女の抱えている問題は深刻だということだ。

「八雲君は……ひねくれ者なんです」

晴香が口にすると、彼女が「ん？」と首を傾げた。

「あ、その……面倒臭がりというか、ろくに話も聞かずに、断っちゃったりするんです」

「何で、そんなに必死なの？」

彼女が眉間《みけん》に皺《しわ》を寄せる。

晴香の言葉を、どう受け止めていいのか分からないでいるのだろう。

「自分でもよく分かりません。でも……生きている意味がないなんて、そんなの哀しすぎます」

晴香が言うなり、彼女の表情が険しいものに変わった。

「あなたに何が分かるの？」

「何も分かりません。だから、話を聞かせて欲しいんです」

晴香がもう一度口にすると、彼女は諦《あきら》めたように頭《かぶり》を振った。

7

晴香は、中庭にあるベンチに腰掛けた——。

隣には黒髪の女性がいる。

昨日、ここに座っていたのは八雲だ。そう思うと、何だか妙な気分だった。

「あの……お名前を訊《き》いてもいいですか？」

晴香は、まずそれを訊《たず》ねた。

「アキ」

彼女が答える。

「アキさん——あなたが呪われているというのは、どういうことなんですか？」

晴香は、緊張で乾いた唇を舐《な》めてから訊ねた。

隣り合って座ったものの、まだ話すかどうか、判断がついていないらしく、アキは視線を足許に落とした。

その横顔からは、彼女の苦悩が伝わってくる。

「話して下さい」

晴香が、改めて促すと、アキは小さく溜息《ためいき》を吐いてから口を開いた。

「最初はお父さんだった……」

か細い声でアキが言った。

「お父さん？」

「そう。私が、十歳のときに、家族で江《え》の島《しま》に旅行に行ったの。凄《すご》く楽しかった。でも
……」

そこまで言って、アキは下唇を噛《か》んだ。

ここまでの口ぶりで、辛《つら》い出来事があったことは容易に想像がつく。できることなら、その傷をほじくり返すようなことはしたくない。

ただ、何も分からない状態では、手助けのしようがない。

「何があったんですか？」

「溺《おぼ》れたの……私が……。お父さんに、いいところを見せたくて、調子に乗って泳いで、足が攣《つ》って、パニックになって……。お父さんは、私を助けようとして、海に飛び込んだの……」

アキは両手で顔を覆うようにして、洟《はな》をすすった。

晴香は、黙ってその姿を見ていることしかできなかった。しばらくして、アキはゆっ

くり顔を上げた。

血の気が引き、まるで死人のような顔色だった。

「私だけ、助かった……」

アキが喘《あえ》ぐような声で言った。

晴香の胸に、突き刺さるような痛みが走り、交通事故で死んだ、双子の姉の顔が頭に浮かんだ。

——生きている意味はないんだから。

さっき、アキが言った言葉の真意が、今になって、ようやく分かった気がした。

アキは父親の死を、自分の責任だと感じている。父親ではなく、自分が死ねば良かった——と。

「アキさんのせいではありません」

晴香が口にすると、アキはもの凄い形相で睨《にら》んできた。

「あなたに何が分かるの？　自分のせいで、大切な人が死んだのよ」

「分かります。私も……姉を亡くしました」

晴香が口にすると、アキは「え？」と驚きの表情を浮かべた。

「幼い頃、何でもできるお姉ちゃんが羨《うらや》ましくて、少し意地悪してやろうって、ボールを遠くに投げたんです。お姉ちゃんは、それを取りに行って……車にはねられて……」

晴香の脳裏に、あの瞬間の光景がフラッシュバックする。

自分のせいで、姉の綾香《あやか》が死んだ——晴香は、その呪縛《じゅばく》に囚《とら》われ続けてきた。

おそらく、アキも同じだ。自分のせいで、父親が死んだ。そんな自分が、このまま生きていていいのか？ と問い続けながら生きているのだ。

「そう……」

アキが、呟《つぶや》くように言った。

「すみません。話が逸《そ》れてしまいましたね。続きを聞かせて下さい」

晴香は、気持ちを切り替えて先を促した。

アキは微《かす》かに頷《うなず》いてから、話を続ける。

「それから、私の周りで奇妙なことが起こるようになったの」

「奇妙なこと？」

晴香が聞き返すと、アキはコクリと頷く。

「クラスメイトの女の子が、急に学校に来なくなったり、友だちの男の子が、階段から落ちて怪我をしたり……」

「それが呪い？」

「そう」

「ただの偶然じゃない？」

それが、晴香の率直な感想だった。

父親が自分を助ける為に死んだという呪縛に囚われているせいで、周囲で起こることを、全て自分のせいだと思い込んでしまっている。晴香には、そんな風に感じられた。

「あなたも、結局、彼と同じことを言うのね」

そう言ったアキの目には、はっきりと失望の色が浮かんでいた。

アキの言う彼とは、八雲のことだろう。八雲は、話も聞かずに、アキの依頼を断ったわけではなく、一通り聞いた上で「勘違いだ」という結論に至ったらしい。

「でも……」

「勘違いなんかじゃないわ。私に関わると、みんな不幸になるの」

「考え過ぎな気が……」

「違うわ！　だって、みんな言ってたのよ！　幽霊を見たって！　呪ってやるって脅されたんだって！」

アキは、立ち上がりながら声を荒らげた。

「アキさん……」

「私は、ずっと呪われた女だって言われ続けてきたの。お父さんみたいに、また私のせいで誰か死んだりしたら……」

アキは、そこまで言って、一度言葉を切った。

それから、落ち着きなく視線を彷徨《さまよ》わせたあと「もう、耐えられない……」と、涙に濡《ぬ》れた声で零《こぼ》した。

痛い——。

晴香の胸の奥に、何かが突き刺さった。それは、彼女が味わってきた苦しみの一部だったような気がする。

「不幸に遭った人たちは、みんな幽霊を見たって言っていたんですか？」

晴香が訊ねると、アキは小さく頷いた。

確かなことは分からないが、もし、アキの言葉が本当なのだとすると、彼女は呪われているのかもしれない。だが、そんなことが本当にあるのだろうか？

「三崎《みさき》さん……」

半ば呆然《ぼうぜん》とする晴香の耳に、声が届いた。

顔を向けると、そこには一人の男が立っていた。渡辺だった。

アキは「渡辺君……」と掠《かす》れた声で応じた。三崎というのは、おそらくアキの苗字《みようじ》だろう。どうやら、二人は知り合いらしい。

しばらく、無言で見合っていたが、やがてアキは何かを思いだしたように、バッグの中から封筒を取り出すと、それを渡辺に押しつけるようにして渡した。

「ゴメン。悪いけど、やっぱり私は行けない。もう、私に関わらないで」

アキは、早口にそう告げると、晴香を一瞥《いちべつ》してから、その場を立ち去った。

乾燥した風が吹き抜けていく中、呆然と立ち尽くす渡辺を、晴香は黙って見ていることしかできなかった。

8

晴香は、アキが去ったあと、呆然としている渡辺に声をかけ、少し話をすることにした。

さっきまでアキと座っていたベンチに、並んで腰掛ける。

昼間に、八雲を交えて話をしたとき、依頼の件が曖昧《あいまい》になってしまったというのもあるが、もう一つ、確かめたいことがあったからだ。

「さっきは、ゴメンね」

晴香は、まずそのことを詫《わ》びた。

渡辺は何のことか分からなかったらしく「え？」と眉《まゆ》を顰《ひそ》める。

「心霊現象の件で話をしたとき、変な感じになっちゃったから……」

晴香がそこまで言って、ようやく何のことか納得したらしく、渡辺は「ああ」と応じた。

「気にしなくていいよ」

渡辺は、笑みを浮かべながら言うが、何ともぎこちない表情だった。

それはそうだろう。心霊現象に悩まされ、相談を持ちかけたものの、嘘つき呼ばわりされただけでなく、「あなたは、殺人犯なんですか？」と問われたのだ。

不快になって当然だ。

「八雲君は、悪気はないの。だけど、ちょっと、何というか、口が悪いんだよね。それに、人付き合いが苦手というか……。でも、悪い人じゃないんだよ」

晴香が早口に言うと、渡辺が微かに笑った。

「彼氏のことになると必死だね」

「彼氏？」

「ああ。小沢さんの彼氏って、あの人なんだろ」

「ち、違うよ！」

晴香は、大慌てで否定する。

「え？　違うの？　てっきり、あの人が、噂の彼氏かと思ったけど」

「本当に違うよ。だいたい、噂ってどういうこと？」

「だって、よく一緒にいるだろ。サークルのみんなも、あの人が彼氏だと思ってるよ」

確かに八雲とはよく一緒にいる。

だが、みんなが想像しているような、甘い関係ではない。そのほとんどが、心霊がらみの事件に巻き込まれ、行動を共にしているだけだ。

哀しいかな、八雲は恋人どころか、友人とすら思っていない。

「違うよ。私は、その……助手みたいなものだよ」

「そうなんだ」

渡辺は、納得している風ではなかった。

とはいえ、ここで八雲との関係をあれこれと並べ立てたところで、話は進まない。

「そ、それより、アキさんのこと、知っているの？」

晴香は、都合の悪い会話から逃げるように、渡辺に訊《たず》ねた。

さっきのやり取りを見る限り、渡辺は以前から、アキのことを知っているようだった。何か知っているのであれば、色々と聞き出したいという考えがあった。

「あ、うん」

渡辺は、地面を見つめるように頭《こうべ》を垂れながら返事をした。

何を考えているのかは分からないが、複雑な心境が入り交じっているといった感じだ。

「どういう知り合いなの？」

晴香が訊ねると、渡辺は顔を上げた。

「何で、彼女のことを知りたがってるんだ？」

渡辺の顔に、あからさまな疑念が浮かんだ。こういう反応になるのも致し方ない。

晴香は迷いつつも、アキと知り合った経緯《いきさつ》を、彼女が「呪われている」と口にしていたことを踏まえ、掻《か》い摘《つ》まんで説明した。

説明を終えるなり、渡辺は、はぁーっと長い溜息《ためいき》を吐いた。

「三崎さんとは同郷で、小学校から同じ学校だったんだ……」

渡辺が言った。

った。

「そうだったんだ」

知り合いであることは察していたが、そんな前からの関係だということは分からなか
いわゆる幼なじみということのようだ。

「前は、すごく明るかったんだけど、ある事件をきっかけに、塞《ふさ》ぎ込むようになって……」

「それって、お父さんが海で亡くなった件？」

「それもあるけど、三崎さんの周りで、妙な噂が立っていたんだ」

「呪われてるって話？」

晴香が口にすると、渡辺はコクリと頷《うなず》いた。

「そう。三崎さんと関わった人には、必ず何かしらの不幸が起こるって……」

「それって本当なの？」

「分からない……。けど、確かに、三崎さんをからかったクラスメイトが、幽霊が出るってノイローゼになったり、仲の良かった男友だちが、階段から落ちて怪我をしたり……そういうことがあったのは事実だ」

「アキさんは、それを呪いだと思った……」

「だと思う。だから、自分は、誰とも関わらない方がいいって、ずっと塞ぎ込むようになって……」

「そうなんだ……」

父親の死。それに、友人たちに起きる、不可解な現象――。

さっき晴香は、勘違いではないかと言ってしまったが、今になって考えれば、呪われているのと疑心暗鬼になるのも当然だ。

「中学、高校では、完全に孤立してた。大学に入ってからも、親しい友だちも作らないで、ずっと一人でいるんだ」

おそらく、アキは心優しい女性なのだろう。

だから、自らの呪いで、他者を苦しめないように、孤独に生活する道を選んだ。だが、それは、とても哀しいことだ。

そんな風にして、自分を追い込みながら生きていたら、いつか心が壊れてしまう。

「それって、ものすごく辛《つら》いよね」

晴香は、胸に痛みを覚えながら口にした。

渡辺は大きく頷いてから続ける。

「何とかしてやりたいと思っているんだけど、どうすればいいのか分からなくて、結局、何もできないまま……」

そう言って、渡辺はぎゅっと拳《こぶし》に力を込めた。

渡辺が拳を握ったのは、怒りからなのか、苛立《いらだ》ちからなのか分からない。ただ、アキに対して、ただの幼なじみ以上の感情を抱いていることは、伝わってきた。

「そうだね。何とかしてあげたいね」

晴香の脳裏に、再びアキの言葉が蘇《よみがえ》る。

——私なんて生きている意味はないんだから。

実際に、呪われているか否かは別にして、そんな哀しいことを口にしなければならないほど、アキは追い詰められているのだ。

何とかしてあげたい——晴香の中に、強い感情が芽生えた。

急に強い風が吹き、ガサガサと銀杏《いちょう》の木の枝が揺れた。

渡辺が、何かを感じたのか、怯《おび》えた様子で立ち上がり辺りを見回す。

「どうしたの？」

晴香が顔を向けると、渡辺の背後に青白い顔をした男が立っているのが見えた。

全身ずぶ濡《ぬ》れで、睨《にら》み付けるような目をした男だった。

が、その姿は、一瞬で消えてしまった。

9

翌日、午前中の講義を終えた晴香は、急いで〈映画研究同好会〉の部屋に足を運んだ。

昨日は、結局あれから八雲と会うことができなかった。

その後の調査がどうなっているのか確認したかったし、晴香の方から話したいことも色々とあった。

「八雲君——」

声を上げながらドアを開ける。

部屋の中は、しん——と静まり返っていて、いつもの席に八雲の姿はなかった。

——どこかに出かけているのだろうか？

晴香は、脱力して椅子に腰を下ろした。こうなると、急いで来たのがバカらしく思える。はあっと息を吐いたところで、ガサガサと何かが動いた。

晴香は、ビクッと飛び跳ねる。

部屋の隅で、急に黒い何かが、むくりと起き上がった。

「ひゃっ！」

思わず悲鳴が漏れる。

「騒々しいな」

聞き慣れた声を耳にして、はっと我に返る。

「八雲君？」

部屋の隅で起き上がったそれは、寝袋に包まれた八雲だった。

「まったく。人が気持ちよく寝ているというのに、いきなり駆け込んで来て大騒ぎ。君には、デリカシーというものがないのか？」

八雲は、寝グセだらけの髪をガリガリと掻《か》きながら、寝袋から出てきた。

「ごめん」

晴香は、素直に頭を下げた。

八雲はあくびをしながら、晴香の向かいの椅子に座る。いつもとは違う、スウェット姿が、何だか新鮮だった。

寝起きということもあり、今は黒い色のコンタクトレンズを着けていない。

晴香は、赤い左眼に目を奪われる。

やっぱり綺麗《きれい》だ——。

「何をジロジロ見ている？」

八雲が、横目で晴香を見る。

「べ、別に見てないよ」

否定しつつも、急に恥ずかしさが込み上げてきた。

そんな晴香の心情を知ってか知らずか、八雲は大きく伸びをしながら、再びあくびをする。

「ずいぶんと、起きるのが遅いのね」

晴香が口にすると、八雲が不満げに顔をしかめる。

「誰のせいで、こうなったと思ってるんだ？」

「え？　私のせいなの？」

「当たり前だ。昨晩、遅くまで資料を当たってたんだからな」

――そうだった。

八雲が、渡辺の身に起きた心霊現象の糸口を摑《つか》む為に、刑事の後藤と石井に協力を得て、事故や事件で亡くなった人のリストの洗い出しをしていたのだった。

「それで、何か分かった？」

晴香が訊《たず》ねると、八雲が肩を竦《すく》める。

「見れば分かるだろ」

それもそうだ。何か糸口が摑めたのであれば、もう少し違った反応をみせるはずだ。

「そっか……」

「それで、頼んでおいた件は、どうなった？」

八雲が左の眉をぐいっと吊《つ》り上げながら訊ねてきた。

「何か頼まれたっけ？」

晴香が首を傾げると、八雲はこれみよがしに長い溜息《ためいき》を吐いた。

「まさか、忘れたのか？」

「だから何を？」

「渡辺という人物のことを、調べておくように頼んでおいたはずだが」

「あっ、あれか」

晴香は、ぽんと手を打った。

忘れていたわけではない。別のことを考えていて、八雲の言葉が何を指しているのか、気づくのが遅れただけだ。

「あれか——じゃない。元々、君が持ち込んだ話だろ」

八雲が、冷ややかな視線を浴びせかけてくる。

「分かってるよ。ちゃんと調べておいたから」

晴香は、そう告げてから、渡辺について調べたことを子細に説明した。

といっても、これといった情報があるわけではない。事件解決の糸口になるとは思えないが、それは、あくまで晴香から見てということだ。

八雲はこれまで、一見、何でもないと思われる情報の中から、真実を紐解《ひもと》く鍵《かぎ》を見つけてきた。

話を終えた晴香は、期待を込めて八雲を見つめた。

八雲は、顎《あご》先に手を当て、俯《うつむ》くようにして、じっと何かを考え込んでいるようだった。

しばらくして、八雲が不意に顔を上げた。

視線がぶつかる。

色白で、線の細い顔立ちで、常に眠そうな目をしている八雲だが、その奥にある瞳《ひとみ》は、鋭い光を放っている。

「何か分かった？」

「何も——」

八雲は、両手を広げて首を振る。

「本当に？」

晴香は疑いの目を向ける。

これまで、何も分かっていないと言っていながら、実は真相に辿《たど》り着いているという
ことが何度もあった。

今回も、そうである可能性は高い。

「本当だ」

「でも、実は何か隠しているでしょ？」

「そんなわけないだろ」

八雲は小さく頭《かぶり》を振った。どうやら、本当に何もないらしい。

「そっか……」

「君の方こそ、何か隠しているだろ」

八雲が鋭い眼光を向けてくる。

一瞬、ドキリとする。

さすがに鋭い。いや、もしかしたら、自分が単純なだけかもしれない。

「隠しているわけじゃないよ。これから話そうと思っていたの」

「何だ？」

「実はね、昨日、ここで待っていたら、女性が八雲君を訪ねて来たの」

「女性？」

「そう。黒髪で背の高い女性——」

「ああ。彼女か……」

八雲が舌打ち交じりに言う。

この反応で、八雲がアキに対して特別な感情を抱いていないことが分かる。にもかかわらず、状況だけを見て、二人の関係を疑ってしまったとは——本当に情けない。

「それでね。少し、彼女と話をしたの」

晴香が言うなり、八雲が頭を抱えた。

「余計なことを。君は、どうしてそうトラブルに首を突っ込みたがるんだ」

トラブルに首を突っ込んでしまう体質については、弁解のしようがないが、それが余計なことだとは思わない。

「少し、話を聞いてほしいの」

晴香は、手を合わせて懇願する。

八雲は苦い顔をして、身体を引いた。

「薄気味の悪い顔をするんじゃない」

「他に表現があるのか？　薄気味悪いって、いくらなんでも言い過ぎじゃない？」

「うっ……」

そういう返し方をされると、言葉に詰まってしまう。

「もう、何でもいいから話を聞いてよ」

晴香は、苛立《いらだ》ちを呑《の》み込み、強引に話を始めた。

八雲は不満そうな顔ではあったが、取り敢《あ》えず話は聞いてくれた。

「その話は、彼女自身から聞いた」

アキについての話を聞き終えると、八雲が気怠《けだる》げに言った。

アキは、八雲に依頼を断られたと語っていた。勘違いだと断じたようだが、なぜなのかを知りたかった。

「本当に、呪いじゃないの？」

晴香が訊ねると、八雲は首を左右に振った。

「違う」

「どうして、そう思うの？」

「彼女には何も憑《つ》いていなかった。呪われているというなら、彼女に何かしらが憑依《ひょうい》していないと辻褄《つじつま》が合わない」

八雲の説明は、理に適《かな》っているように聞こえるが、実際は理屈を並べて、面倒なことから逃げたような気がする。

「そうだけど……。実際に、アキさんと関わったことで、大変な目に遭った人がいるらしいの」

「そんなものは、被害妄想だ」

「そんな言い方……」

「それが事実だ。まあ、そういう意味では、彼女は呪われているのかもしれない」

「どういうこと？」

「だからさ——呪われていると思い込むことこそが、呪いなんだ。そうやって、自分の行動を制限して、何か良からぬことが起きれば、それを全て呪いに結びつける。結果として、自分を縛ってしまう」

八雲の言わんとしていることは分かる。

つまり、アキの心の問題で、彼女は自分自身に呪いをかけてしまっているということだろう。

だからこそ、八雲は勘違いだと断じたのだ。しかし、今回の一件は、それとは少し違う気がする。

「だけど、アキさんの周りで起きたことは、事実なんだよ」

「どうして断言できる？」

八雲が頬杖《ほおづえ》を突きながら問う。

「聞いたの」

「彼女からか？」

「そうじゃなくて。昨日会った、渡辺君。彼は、アキさんと幼なじみだったんだよ」

晴香が言うなり、八雲の表情が険しいものに変わった。

「続けろ」

八雲が先を促す。

晴香は、大きく頷《うなず》いてから、渡辺から聞いたアキの情報についても、子細に説明した。

「そういうことか……」

話を聞き終えた八雲は、そう言いながらゆっくりと立ち上がった。

「何か分かったの？」

晴香は、勢い込んで訊《たず》ねる。

「少し待て」

八雲は、そう告げると携帯電話を取りだし、どこかに電話しながら部屋を出て行ってしまった。

部屋の中に、晴香だけが取り残される。

晴香には、今にいたるも何がどうなっているのか分からないが、八雲は何かを摑《つか》んだようだ。

早く、その答えを聞きたいが、焦ったところで仕方ない。

気持ちを抑えて、じっと待つ。

しばらくして、八雲が部屋に戻ってきた。

「誰に電話してたの？」

晴香が訊ねると、八雲はにっと笑みを浮かべた。

「真琴さんだ」

「真琴さん――」

八雲が電話をしていたのは、新聞記者をやっている土方真琴のようだ。

後藤や石井と同じで、八雲の能力を知る人物で、これまで事件の度に、新聞記者というネットワークを使い、協力してもらってきた人物でもある。

問題は、なぜこのタイミングで真琴なのか——だ。晴香がそのことを訊ねると、「こういう場合は、警察より新聞記者の方が動きが速い」と、答えを寄越した。何だか、余計に分からなくなる。

「ぼくの推測が正しければ、おそらくは……」

八雲は、そこまで言って言葉を切った。

「何？」

晴香は先を促す。

が、八雲は苦笑いとともに、頭を振った。

「まだ結果が出ていない」

「結果って何？」

「そのうち分かる」

「何それ」

不満はあるが、こうなってしまったら、八雲はその結果が出るまで、何も答えてはくれないだろう。

晴香は、消化不良のまま黙って待つしかない。

「何にしても、君にも少し協力してもらうぞ」

八雲が、鋭い目つきで晴香を見据える。

「うん」

返事をしつつも、何だか嫌な予感がしていた。

そもそも、晴香が持ち込んだトラブルだ。協力なら幾らでもする。だが、何も分からない状態というのが、どうにも落ち着かなかった。

10

大学内を探し回り、ようやく彼女の姿を見つけることができた。

B棟の屋上だ。

普段は、屋上へ通じるドアには鍵《かぎ》がかかっているのだが、学園祭の垂れ幕などを設置する関係で、今は開け放たれている。

黒い髪を風になびかせながら、柵《さく》から身を乗り出すようにして、ぼんやりと下の風景を眺めている。

学園祭の準備に追われる学生たちの楽しげな声が、屋上まで届いてくる。

彼女は――アキは、それをどんな気持ちで眺めているのだろう？

もしかしたら、アキも、友だちと学園祭の準備を楽しむことを、望んでいるのかもしれない。

だが、呪いのせいで、他者と距離を置き、孤独に過ごしている。

その様子は、どこか八雲に似ているような気がした。八雲も、死者の魂を見ることができる赤い左眼があるせいで、他者との関わりを絶っている。

何とかしてあげたい――晴香は、改めてそう感じた。

晴香は、アキの居場所を八雲にメールしてから「アキさん――」と彼女の背中に呼びかけた。

ゆっくり振り返ったアキに、驚いた素振りはなかった。晴香が近づいてくるのを、知っていたのかもしれない。

「私に関わると、呪われちゃうよ」

アキは睫《まつげ》を伏せ、呟《つぶや》くように言った。

「その呪いを解きに来ました」

晴香がそう告げると、アキは弾《はじ》かれたように顔を上げた。

根拠もなく口にしたわけではない。八雲から、そう言って時間を稼ぐように指示されていたからだ。

「信じていなかったじゃない」

アキが嚙《か》み締めるように言った。

「ごめんなさい。アキさんの気持ちも考えずに、軽率なことを言ってしまいました」

晴香は頭を下げた。

確かに、昨日、晴香は疑いの目を向けてしまった。今更、弁明したところで、説得力に欠けるかもしれない。

だが、それでも——。

実際に、呪いがあるかどうかは別として、アキは呪われていると考えている。八雲も言っていたが、それこそが呪いなのだろう。

だからこそ、アキを助けてあげたいと思う。お節介だということは分かっているが、呪いを怖れて、このまま一人でいるなんて、あまりに哀し過ぎる。

「もういいよ。あなたに謝ってもらったって、何かが変わるわけじゃない……」

アキが再び目を伏せた。

「そんなことない」

晴香は、力を込めて言った。

かつて晴香も同じようなことを考えていた時期がある。姉の死を自分のせいだと感じ、その呪いに縛られていた。

だが、そんな生き方は誰も望んでいないはずだ。何より、自分自身が——。

晴香をその呪縛《じゅばく》から救ってくれたのは、他でもない八雲だった。八雲を通して、姉の真意を知ることで、晴香は前を向いて歩くことができている。

だから、今回もきっと——。

「もう、死のうかな……」

アキが、散歩にでも出るような軽い口調で言った。

口調は軽いが、その言葉には、これまでのアキの苦悩が凝縮されていた。

「駄目！」

晴香は、堪《たま》らず叫び声を上げ、アキの腕を摑んだ。

が、アキはすぐにそれを振り払う。

晴香に向けられたアキの目には、まるで光がなかった。

生気を失った、死人みたいな目だ。それほどまでに、アキの心は疲弊してしまっているのだ。

「あなたに何が分かるの？　私はもう、誰かを傷つけるのは嫌なの！　私のせいで……」

そこから先は、嗚咽《おえつ》に紛れて言葉にならなかった。

力なく跪《ひざまず》き、肩を震わせながら涙を零《こぼ》すアキを、何とかしてやりたいとは思うが、かける言葉が見つからなかった。

今の彼女には、どんな慰めも響かないような気がする。

「三崎さん——」

呆然《ぼうぜん》とする晴香の耳に、声が届いた。

目を向けると、そこには渡辺の姿があった。隣には八雲もいる。どうやら、八雲が渡辺をここに連れて来たということのようだ。

――でもなぜ？

疑問を帯びた視線を向けると、八雲は無言のまま小さく頷《うなず》いた。

理由は分からないが、八雲が敢《あ》えて渡辺を連れて来たのだから、きっと何かしらの意味があるのだろう。

八雲は、ゆっくりとアキに歩み寄っていく。

「あなたの呪いを解きに来ました」

八雲の声が、屋上の乾いた空間に響いた――。

11

アキは「え？」と眉《まゆ》を顰《ひそ》めながら、涙に濡《ぬ》れた顔を上げる。

その表情を見て、渡辺が苦しそうに下唇を噛んだ。

「だって、この前は勘違いだって……」

アキが責めるような視線を八雲に向ける。

八雲は、苦い顔をしながら、寝グセだらけの髪をガリガリと掻《か》く。

「あのときは、そう判断しましたが、今は違います。謝罪の意味も込めて、あなたの呪いを解くと言っているんです」

頭も下げていないし、ずいぶんと、上から目線の謝罪だが、そういうところが八雲らしいといえば、八雲らしい。

「ど、どうやって？」

アキが、すがるような視線を八雲に向ける。

晴香も同じように八雲を見た。まだ、何が起きたのか説明を受けていない。本当にアキは呪われているのか？　なぜ、この場に渡辺も呼んだのか？　そして、どうやって呪いを解くのか？

頭に浮かぶのは疑問ばかりだ。

「呪いを解く為に、まずははっきりさせなければならないことがあります」

八雲は、そう切り出した。

「何を？」

晴香が問うと、八雲は「それを今から説明するんだ」と一蹴《いっしゅう》する。

「あなたは、父親が死んだのは、自分が呪われているからだと思っている。そうですね」

八雲が、改めてアキに目を向けながら問う。

アキは「はい」と頷いたあと、ゆっくりと立ち上がった。

「しかし、それは間違いです」

八雲がピシャリと言う。

「でも、さっき呪いを解くって……」

アキが困惑した表情を浮かべる。

晴香も同じ気持ちだった。八雲の説明は矛盾しているような気がする。

「言いました。ぼくは、あなたのお父さんが死んだのは、呪いのせいではないと言っているんです。そのあとに、あなたの周辺で起きた現象を否定しているわけではありません」

「つまり、アキさんのお父さんの死と、呪いとは無関係ってこと？」

晴香が訊《たず》ねると、八雲が首を左右に振った。

「そうじゃない」

「じゃあ、どういうこと？」

分からないことだらけで、声に苛立《いらだ》ちが滲《にじ》んでしまう。

「簡単な話だ。あなたの周りで起きた、様々な現象——それを引き起こしていたのは、他でもない。あなたのお父さんなんです」

八雲が鋭く言い放った。

その場にいる全員が言葉を失った。

「それって、どういうこと？」

しばらくの沈黙のあと、晴香はようやく絞り出すように言った。

「どうも、こうもない。言葉のままだ」

八雲は平然と言うが、晴香にはどうにも納得できない。

「だって、それだと、アキさんのお父さんが、娘であるアキさんに呪いをかけているってことになるじゃない」

そんなことをする理由がない。

しかし、アキの考えは、晴香とは正反対だったようだ。

「そっか……お父さんは私を恨んでいるんだね。私のせいで、死んじゃったから……。だから私を……」

アキが、口を押さえてその先の言葉を呑《の》み込んだ。

「違うよ」

晴香は、勢いのままに言った。

何か根拠があるわけではない。ただ、そんなことは信じたくないという願望から出た言葉だ。

アキの父親は、溺《おぼ》れた娘を助ける為に死んだ。命を賭《と》して守った娘を、恨むはずがない。

「その通り。あなたのお父さんは、あなたのことを恨んではいない」

八雲が微《かす》かに頷きながら言う。

「でも……お父さんが、奇妙な現象を引き起こしていたって……」

アキが喘《あえ》ぐように言った。

真相が分からないまま話が進み、感情を振り回された結果として、ただ困惑しているのだろう。

「確かに、あなたの周囲で起きた奇妙な現象を引き起こしたのは、死んだあなたのお父さんだ。だが、それは恨みからではない」

「……………」

「深い愛情からなんだ」

八雲は、自信たっぷりに言うが、やはり晴香には分からない。

「どういうことなの？」

「君のような単細胞では、理解できなくても無理はない」

八雲が、嘲《あざけ》るような視線を向けてきた。別に、理解していないのは晴香だけではない。

文句を言ってやろうかと思ったが止めた。

それよりも、疑問の答えを見つける方が先決だ。

「単細胞にも分かるように説明してよ」

晴香が主張すると、八雲はやれやれという風に、首を振ってから話を始めた。

「彼女のお父さんは娘を守ろうとしていたんだ」

「守る？」

「そう。ノイローゼになったクラスメイトは、彼女のことを苛《いじ》めていたんだろ」

八雲が、渡辺に目を向ける。

渡辺は急に話を振られて、驚いた表情を浮かべたが、すぐにコクリと頷いた。

「はい。そうでした」

「そういうことだ」

八雲が肩を竦《すく》める。

言わんとしていることは分かるが、それで全てに納得したわけではない。

アキを苛めていたクラスメイトの前に、父親の幽霊が現れ、脅したというのは分かるが、友だちの男の子にまで、害を及ぼす理由がない。

晴香がそのことを主張すると、八雲は首筋を掻きながら、苦い顔をする。

「本当に分からないのか？」

「分からないから、訊《き》いてるの」

「怪我をした男の子は、彼女のことが好きだったんだろ？」

八雲の問いかけに、渡辺はもう一度頷いた。

――そういうことか。

娘に近づく悪い虫とばかりに、その男の子を追い払う為に、怪我をさせたということなのだろう。

だが――。

「幽霊は、物理的な影響力を持たないんだよね？　怪我をさせるなんてできるの？」

幽霊は死者の想いの塊のようなもので、物理的な影響力を持たない――これは、八雲自身がこれまでの経験から、常々口にしている理論だ。

「話をちゃんと聞いていないから、分からないんだよ」

八雲は呆《あき》れ顔だ。

「ちゃんと聞いてました」

「だったら、分かるだろう。その男の子は、階段から落ちて怪我をしたんだ。おそらく、幽霊を見て、驚いて落ちた——といったところだろ」

「ああ」

確かに、ちゃんと話を聞いていれば、分かることだった。直接的に、怪我をさせられたわけではないのだ。

「そんな……」

アキがか細い声を上げる。

どう反応していいのか分からないのだろう。泣き笑いのような、複雑な表情をしている。

「でも、どうして八雲君は、それが分かったの？」

晴香は、頭に浮かんだ疑問を口にした。

なぜ、八雲はその結論に至ることができたのか、その根拠が分からない。

「君から話を聞いたとき、彼の一件と結びつけて考えたんだ」

八雲が、渡辺を指差す。

「そうだ。彼の許《もと》に現れた幽霊は、全身ずぶ濡《ぬ》れで、四十代の男性。そして、許さない――という言葉を残した」

「渡辺君の？」

「うん」

「さらに、彼は隠していたが、自分に幽霊がつきまとっている理由に心当たりがあった。これらの情報と、君から聞いた話を繋《つな》ぎ合わせた結果、こうだろうという推測が浮かんだというわけだ」

「でも、それだけだと確証がないよね？」

「だから、真琴さんに連絡して、その確証を手に入れたんだ」

「え？」

「過去の新聞記事の中から、彼女の父親の事故の記事を調べてもらい、そこに掲載されている顔写真を照合したんだ」

「何と照合したの？」

「彼に憑《つ》いている幽霊と――だよ」

八雲が、渡辺に顔を向けた。

そうだった。色々とあって、すっかり失念していたが、渡辺にはずっと幽霊が憑いて回っているのだ。

死者の魂を見ることができる八雲からしてみれば、写真と渡辺に憑いている幽霊が同一人物か否かを確かめることなんて、朝飯前だ。

「それって、つまり……」

「そうだ。おそらく、彼はずっと彼女のことが好きだったんだ。これまでは、黙って見ているだけだったが、一念発起して、デートか何かに誘ったんだろ。その結果として、彼女を見守っていた父親の霊の怒りを買った」

――そうだったんだ。

晴香は、ようやく全てのことに得心した。

言われてみれば、昨日、中庭で会ったとき、アキは渡辺に封筒を返していた。あれは、コンサートとか、映画とかのチケットだったのかもしれない。

それに、ただの同級生という割には、アキのことに詳しかったし、同情的でもあった。

八雲は話を聞いただけで、渡辺の気持ちに気づいていたのだろう。だから、真相に辿《たど》り着くことができた。

――でも。

「渡辺君は、悪い人じゃないよ」

渡辺は優しい人だ。アキを泣かせるようなことはしないはずだ。

「彼女の父親からすれば、相手がどんな奴かは関係ないんだ」

八雲が苦笑いとともに言う。

「え？」

「相手が、誰だろうと、娘に近づく男は敵なんだよ。全てではないが、それが父親ってもんだ」

「そっか……」

言われてみればそうかもしれない。

きっと、晴香の父親も、相手が誰であれ、彼氏など連れて行ったら、激怒するか、何かしらの嫌がらせをするのかもしれない。

「これで分かったでしょ？　あなたのお父さんは、あなたを恨んではいない。むしろ、愛しているからこそ、死して尚《なお》、あなたのことを見守り続けた。そして、あなたに害を及ぼす者たちを排除しようともした」

八雲が淡々とした口調で告げる。

「お父さん――」

アキは、悲痛な声で言うと、そのまま座り込んでしまった。

彼女の目から、はらはらと涙が零《こぼ》れ落ちる。さっき流したそれとは違い、とても温かいもののように思えた。

「さて、次はあなたです」

八雲は、そう言って渡辺に向き直った。

いや、正確には見ているのは渡辺ではない。彼の背後の空間――つまり、アキの父親の霊が立っているであろう場所だ。

「あなたは、娘さんを守ろうとした。でも、その結果として、彼女は自らが呪われていると思い込み、他者を遠ざけ、孤独になってしまいました」

八雲の口調は、いつになく柔らかかった。

普段は見せることのない彼の優しさが、滲《にじ》み出ているようだった。

「あなたの愛情は、呪いになってしまったんです。この先も、呪い続けますか？」

まさに八雲の言う通りだ。

愛する娘だからこそ、その姿を見守り、手助けしてやりたいという気持ちは分かる。

だが、その想いが強すぎると、娘を追い込んでしまうことになる。

現にアキは孤立してしまった。

「アキさんは、お父さんのことが大好きなんです。今も――。でも、だからこそ、呪いにしないで下さい。アキさんを愛しているなら、どうか――」

晴香は、祈るような気持ちで言った。

それを聞いていた八雲が、微《かす》かに笑みを浮かべながら小さく頷《うなず》いた。

長い沈黙のあと、びゅうっと風が吹いた。

八雲は、その風を追いかけるように、視線を空に向けた。

「どうなったの？」

晴香が問うと、八雲はすっと目を閉じた。

「逝ったよ」

——そうか。分かってくれたんだ。

嬉《うれ》しさはあったが、同時に哀しい気分にもなった。

これまで見守り続けていた娘の許を去るというのは、それこそ断腸の思いだっただろう。

もしかしたら、アキの父親は、分かっていたのかもしれない。自分の行動のせいで、娘を孤立させてしまっていると——。

だが、娘を見守り続けたいという想いが勝り、彼女の許を離れることができなかったのだろう。

そう思うと、余計に胸が苦しくなった。

視線を向けると、アキは座り込んだまま、呆然《ぼうぜん》としていた。まだ、状況が呑《の》み込めていないのかもしれない。

声をかけようとした晴香だったが、八雲がそれを制した。

「彼女を慰めるのは、ぼくたちの役目じゃない」

八雲は、ちらりと横目で渡辺を見た。

「でも……」

「彼女は、呪われていると思い込み、一人でいることを選んで生きてきた」

「うん」

「それなのに、なぜ、今頃になって、ぼくのところに相談を持ちかけたと思う?」

八雲に問われて、晴香は「え？」と首を傾げる。確かにそれは謎だ。

「あくまで推測だが、彼にアプローチされたからだ」

八雲がちらりと渡辺に目を向ける。

そういうことか——と晴香も納得した。アキも、幼なじみである渡辺に、何か特別な感情を抱いていたのかもしれない。

だからこそ、彼からアプローチされ、これまで諦《あきら》めていた気持ちを、もう一度奮い立たせ、八雲に相談したのだろう。

「話は以上です。あなたに憑いていた幽霊はもういません。あとは、任せます」

八雲は、渡辺の許に歩み寄り、端的に言う。

呪いから解放されたとはいえ、アキがすぐに心を開くとは思えない。だが、それでも、ずっと前からアキを見守り続けてきた渡辺なら、何とかなるような気がした。

「はい」

渡辺が力強く頷くのを見届けてから、八雲は歩き出した。

晴香も、渡辺に一礼してから、八雲のあとを追って歩き出した——。

中庭で八雲とアキが一緒にいるのを見たときは、信じられないくらい凹《へこ》んだが、今はとても清々《すがすが》しい気分だった。

「何をニヤニヤしている？」

八雲がちらりと振り返りながら言う。

「別に」

晴香は笑みで返したあと、八雲の脇腹を小突いた。

八雲が「うっ」と甲高い声を上げ、身体を捩《よじ》ると、晴香を睨《にら》み付けてきたが、無視して歩き出した。

もし、八雲を父親に紹介したら、どんな顔をするだろう？

晴香は、ふとそんなことを考えた。

魂の願い

ファイル（Ⅲ）

FILE: III

1

坂本栄史《さかもとえいじ》は、パソコンのモニターを見つめながら、編集作業に没頭していた。

サークル棟にある〈映画サークル〉の部室だ。

栄史が所属する〈映画サークル〉は、学園祭のときに、自分たちで撮影した映画を上映するのが慣例になっていた。

今回は、四年生である栄史が、監督を務め、ホラー映画を撮影した。

肝試しに廃墟《はいきょ》となった病院を訪れた四人の男女が、この世のものではない何かに遭遇する——というストーリーで、持参したカメラで撮影したという体の、ドキュメンタリータッチの構成になっている。

既視感があると揶揄《やゆ》する連中はいたが、栄史は、そんなことは全然思わない。これは、自分のオリジナルだ。

似た設定の映画があることは認めるが、栄史はそれを観て着想を得たわけではない。だから、誰かにとやかく言われる筋合いはない。

それに、栄史は今回の作品に絶対の自信を持っていた。

未《いま》だに就職先が決まらず、就職浪人が確定している栄史だったが、さほど危機感は抱いていなかった。

この作品を学生映画祭に出品すれば、賞は確実だ。

そうなれば、映画会社が栄史のことを放っておくはずがない。大作映画の監督を任され、一気にその名を轟《とどろ》かせることになる。

それから、有名女優とのロマンスというのも悪くない。

「今、何か映りませんでしたか？」

栄史がほくそ笑んだところで、編集作業を手伝っていた、後輩の大地《だいち》が声を上げた。

三年生の大地は、入学当初から〈映画サークル〉に所属していたわけではない。半年ほど前に、参加したのだ。

何でも、映像関係の仕事を志望しているらしく、何かしらの実績が欲しかったようだ。

今年は一年生が入って来なかったし、使い走りのようなことをやらせている。

「何かって何？」

栄史が、ちらりと振り返りながら聞き返す。

「ノイズみたいなものが、見えた気がしたんですけど……」

「気のせいだよ」

――パシリのクセに、ごちゃごちゃ言ってんじゃねぇよ。

栄史は、内心で毒づいてから、編集作業に戻った。

モニターには、病院に到着した四人の男女が、楽しげに会話をしながら、歩いて行くシーンが流れている。

といっても、映っているのは三人だ。一人は、カメラでみんなのことを撮影している。ホラー映画に似つかわしくない、ほんわかとしたシーンだが、これが映画のメリハリになる。

後に、彼らが陥る恐怖を、より際立たせてくれるのだ。

ザッ――。

急に、画面にノイズが走った。

栄史は、少し前に巻き戻し、もう一度、同じシーンを確認する。

やっぱり、ザッ――とノイズが走った。

「何だよ」

栄史は舌打ちをして、画像を一時停止した。

こんなノイズが入っていては、とても使いものにならない。撮り直しをしなければならない。だが、今からそんなことをやっていては、学園祭に間に合わない。

「やっぱりノイズ入ってましたよね」

大地が、得意げに言う。

「お前が指摘したのは、ここじゃねぇだろ」

「まあ、そうですけど……」

「ったく」

苛立《いらだ》ちが募ったが、不意に閃《ひらめ》きがあった。

何も撮り直す必要はない。このノイズも演出だと捉《とら》えればいいのだ。霊的な何かの存在により、カメラが誤作動を起こすという演出にするのだ。

「これはこれでありだ」

栄史が言うと、大地はきょとんとした顔で首を傾げる。

「どうしてです？」

「だから、ノイズを敢《あ》えて入れることで、作品の雰囲気を高めるんだよ」

ノイズを入れることで、より一層、リアリティーが増し、恐怖の効果は倍増する。他のシーンにも、敢えてノイズを入れるのもありだ。

こういうことを思いついてしまうのだから、やはり自分は、天才なのだろう。

だが、大地は説明を受けたあとでも、意味が分からないらしく、困惑した表情を浮かべている。

所詮《しょせん》、こいつはこういう奴だ。実績が欲しいという理由だけで、サークルに参加している意識の低さがある。

栄史のように、将来を見据えることができない。こんな奴らが増えたから、「ゆとり世代は――」などという言葉を乱発されるのだ。

栄史は、これ以上の説明を諦《あきら》め、編集作業を再開する。

だが、その先の映像を観て、栄史は我が目を疑った。

いきなり画面がブラックアウトしたかと思ったら、今度は、撮影した覚えのないシーンが連続して流れたのだ。

場所も、病院ではなく、大学近くにある踏切と思われる場所だ。

「な、何だこれ……」

栄史は、思わず漏らす。

「何でしょう？」

大地が首をひねる。

「こんなもの、撮影した覚えないぞ。この先のシーンは、どこに行った？」

「お、おれに言われても、知りませんよ」

栄史が詰め寄ると、大地は怯《おび》えた声を上げる。

誰かが、上書きをして撮影してしまったのだろうか？　冗談じゃない。これまでの全てがパアだ。

「どうにかしろ！」

栄史が叫んだところで、突然、部屋の電気が消えた。

「何だ？　どうした？」

パソコンのモニターも消えている。ブレーカーが落ちたのだろう。

「大地。ちょっと見て来い」

こんな大事なときに、何とタイミングの悪い。本当に、苛々する。

「は、はい」

返事をした大地が、何かに躓《つまず》き「痛っ」と声を上げながら、歩いて行く。

真っ暗な中で、デスクの上に置いてあったスマートフォンが、ブーンと着信の振動を始めた。

モニターには、非通知と表示されていた。

栄史は、不審に思いながらも「もしもし――」と電話に出る。

電話の向こうからは、カンカンカンと鳴り響く、踏切の警報音がした。

「もしもーし。誰ですか？」

栄史が呼びかける。

唐突に、踏切の音が止んだ。

〈た……助けて……〉

いきなり聞こえてきた不気味な声に、栄史は思わずスマートフォンを放り投げた。

呻《うめ》くような女の声だった。

栄史は、息を吞《の》み、床に落ちたスマートフォンに目を向けた。だが、それを拾おうという気にはなれなかった。

早く、電気が点《つ》くことを願ったが、一向にその気配がない。

時間が経つほどに、不安が大きくなり、栄史の心は落ち着かなくなる。

「おい！　大地！　どうなってんだ？」

栄史は、震える喉《のど》に意識を集中させ、声を上げる。

だが、返事はなかった。

――何やってんだよ！

栄史は、恐怖を大地に対する怒りに変換させることで、何とかその場を凌《しの》ごうとした。

が――次の瞬間、首筋に何かが触れた。

それは、ひんやりとしていた。

見てはいけない――そう思ったはずなのに、どういうわけか、吸い寄せられるように栄史は振り返った。

そこには、真っ白い肌に、どす黒い血管が浮き上がった手があった。

女の手だ。

その手が、栄史の首に絡みついてくる。

「止《よ》せ！　や、止めろ！」

栄史は涙目になりながら叫ぶ。

だが、その手は容赦なく栄史の首をぎりぎりと絞め上げてくる。ついには、栄史は声が出せなくなってしまった。

視界が歪《ゆが》む――。

薄れ行く意識の中で、栄史は女の声を聞いた。

――助けて。

2

「呪いのビデオ？」

晴香《はるか》は、驚きとともに口にした。

まるでホラー映画のタイトルのようなワードで、冗談か何かかとも思ったのだが、向かいに座る藤本《ふじもと》あさみからは、ふざけている様子は窺《うかが》えない。

くりっとした大きな目には、鬼気迫る表情が浮かんでいる。

その迫力に呑まれ、昼近くでごった返す学食の喧噪《けんそう》が、遠ざかっていくような気がした。

「そう。あれは、絶対に呪いのビデオだよ」

あさみは、もう一度、嚙《か》み締めるようにして言った。

同じゼミに所属するあさみから、相談したいことがあると声をかけられた。

学園祭も近いし、どうせ恋愛相談か何かだろうと、気軽に応じたのだが、あさみの口から飛び出して来たのは、全く想定していないものだった。

「絶対に、呪いのビデオなんだって。ねぇ」

あさみは、そう言って隣に座る女子学生に声をかけた。

最初に紹介された。あさみの友人で、ナツキというらしい。伏し目がちで、あさみとは対照的に、陰の空気をもった女性だ。

ナツキは、戸惑いながら「う、うん。たぶん、そうだと思う」と応じた。

二人は納得しているようだが、晴香からしてみれば、何のことだかさっぱり分からない。

「どういうことなの？」

「これ――」

晴香が訊《たず》ねると、あさみは、バッグの中から透明のプラスチックケースを取り出した。中には、ＤＶＤかBlu-rayと思われるディスクが収められている。

「何これ？」

「だから、これが、呪いのビデオなのよ」

あさみが、苛立《いらだ》たしげに言う。

「あっ、うん」

晴香は、曖昧《あいまい》に返事をした。

「どうしてそんなに反応が薄いの？」

咎《とが》めるような口調で、あさみは言うが、こういう反応になるのは、仕方ない。

急に呪いのビデオ――などと言われて、すぐに納得できるはずもないし、そもそも、あさみが何を言わんとしているのか分からない。

あさみは、普段はどちらかというと、おっとりしている方だ。それが、こうも慌てて、感情がささくれ立っているのだから、相当な何かがあったのは確かだ。

「何があったのか、ちゃんと説明して？」

晴香は、あさみに諭すような口調で問いかけた。

あさみは、自分が焦っていたことを認識したらしく、深呼吸してから口を開いた。

「実はね。私のサークルの先輩の坂本さんって人がいるんだけど……」

「あさみって、サークル何だっけ？」

「映画サークル」

「え？」

晴香は、思わず声を上げる。

「そこって、驚くところ？」

あさみに問われて、晴香は慌てて首を振る。

一瞬、勘違いをした。あさみが所属しているのは〈映画サークル〉。八雲《やくも》が所属しているのは〈映画研究同好会〉。

大学には、似た名前のサークルや同好会が乱立している。スノボーのサークルなど、五つもあると聞いたことがある。

「ごめん。それで、映画サークルって、何をやってるの？」

「映画を作ってるの」

「そうなんだ」

観て評論しているのではなく、本当に映画を作っているとなると、ますます八雲の所属する〈映画研究同好会〉とは別物だ。まあ、八雲は映画を評論するどころか、観ているかも怪しい。

「それでね。この前、学園祭で上映する為に、映画を撮ったの」

「凄《すご》いね。監督はあさみ？」

「違うわよ。監督は、さっき言った先輩の坂本さん。私は、録音を手伝ったり、ちょっと出演しただけ」

「出演してるんだ！」

「そんな話はいいんだって」

あさみの声に、苛立ちが滲《にじ》む。確かに、話が逸《そ》れてしまっていた。

「ごめん。続けて――」

「それでね。撮影を終えた映像をチェックしてたら、奇妙なものが映ってたの」

「奇妙なもの？」

「うん。言葉では、上手《うま》く説明できないんだけど、本当に気味が悪いの……」

「気味が悪い？」

「最初に、編集をしてた坂本さんが観たんだけど、そのあと、急に部屋の電気が消えて、女の幽霊が出たらしいの……」

ここまでの話を聞き、晴香は、ようやくあさみが何の相談を持ちかけてきたのかを理解した。

どういうわけか、晴香が心霊現象に詳しいという噂が出回っている。

そのせいで、こういう心霊絡みの相談を頻繁に受けるようになってしまった。あさみも、その一人というわけだ。

確かに、幾つかの心霊現象を体験したし、そういった事件の解決に立ち会って来た。だが、それは文字通り立ち会っただけだ。

実際に解決したのは、斉藤《さいとう》八雲だ。

そのことを、何度も説明しているのだが、「それなら、その人に晴香からお願いして」というお決まりの展開が待っている。

断れば済む話なのだが、押しに弱く、ついつい安請け合いしてしまうのが、晴香の悪癖だ。

「坂本さん、それ以来、怖がってサークルに来なくなっちゃったの。みんなも、半信半疑だったんだけど、この前、このDVDを観てみようってことになって——」

あさみは、晴香の心情などお構いなしに話を続ける。

「うん」

「そしたら——撮影したはずのない、変な映像がいきなり現れたの。それだけだったら良かったんだけど、急に電気が消えて真っ暗になって……それから……」

あさみは、そこまで言って、一旦《いったん》間を置いた。

実際は、ほんの数秒だったのだろうが、晴香には、とても長い時間に感じられた。

「部屋の中に、女の幽霊が……」

あさみは、そこまで言ったあと、両手で顔を覆った。

そのときの光景が、思い出されたのだろう。

あさみは、そのままの姿勢で、嗚咽《おえつ》するような声を漏らしている。寒くもないのに、身体が小刻みに震えている。

彼女にとっては、とてつもなく恐ろしい体験だったのだろう。

「大丈夫?」

晴香は、声をかけながら、あさみの肩に手を置く。

「これは、絶対呪いのビデオだよ。お願い……助けて……」

あさみは、手を外して晴香を見据える。

その目は涙に濡《ぬ》れていた。恐怖のあまり溢《あふ》れ出たものだろう。

ナツキにも目を向ける。彼女もまた、恐怖に怯《おび》えた顔をしていた。

きっと八雲は嫌がるだろうが、二人にそんな顔をされて、放っておけるほど冷酷にはなれない。

3

「八雲君。大変、大変――」

晴香は勢いよく〈映画研究同好会〉の部屋のドアを開けた。

「君は、八兵衛《はちべえ》か」

定位置である椅子に座っていた八雲が、寝起きみたいな目を晴香に向けながら、不機嫌さを前面に押し出した口調で言う。

「八兵衛？」

晴香が聞き返すと、八雲は寝グセだらけの髪を、ガリガリと掻《か》き、深い溜息《ためいき》を吐いた。

「水戸黄門《みとこうもん》の時代劇に出て来るだろ。大変だ、大変だ。と大騒ぎしながら、トラブルを持ち込む役柄だ」

「ああ」

言われてみれば、そういう人がいた気がする。

「トラブルを持ち込むだけで、何の役にも立たないところは、八兵衛そっくりだ」

晴香は「うっ」と唸《うな》る。

悔しいが、何の役にも立たないことは事実で、否定はできない。

「余計なトラブルを抱えてないで、さっさと捨ててこい」

八雲は、しっしっ――と追い払うように手を振る。

「そんなこと言われても……」

晴香は、意気消沈しながらも、八雲の向かいの椅子に座る。

あさみたちをこのまま放っておくことなどできない。

「だいたい、君はトラブルが多過ぎる」

「別に、好きでトラブルに首を突っ込んでるわけじゃないよ」

「ぼくには、そうは思えない」

「え？」

「今週は、これで三回目だ。進んで集めでもしなければ、こんなにも大量にトラブルが舞い込むことはないだろ」

八雲が、指を三本立てて晴香に突きつける。

確かに、このところトラブルが多かったのは事実だ。

八雲が心霊専門の探偵業を営んでいるのであれば、依頼を持ち込む自分は優秀な助手——ということになるのだろうが、八雲はただの大学生だ。

一週間で、二つも三つもトラブルを持ち込んだのでは、嫌がられるのも仕方ない。

それは分かっているが、困っている人がいるのに、黙って見過ごせないのが、晴香の性分でもある。

「話だけでも、聞いて欲しいんだけど……ダメ？」

晴香は、八雲の顔を覗《のぞ》き込む。

八雲はそれから逃げるように、身体を反らすと、舌打ちをした。

かなり強引ではあるが、晴香はそれを同意の意思表示として解釈し、説明をすることにした。

「呪いのビデオがあるの――」

晴香が言うと、八雲が呆《あき》れたように首を左右に振る。

「君はアホか」

「どうしてアホになるのよ」

「ホラー映画じゃあるまいし、呪いのビデオなんて胡散臭《うさんくさ》い話が、本当にあるとでも思ってるのか？」

八雲がそういう反応をするのは仕方ない。晴香だって、最初は信じていなかった。でも――。

「本当なんだって。この映像を観ると、必ず幽霊が出るの。もしかしたら、これから何か起こるんじゃないかって、友だちが怯えていて……」

晴香は、あさみから預かったDVDをテーブルの上に置く。

まるでゴキブリでも見るかのように、DVDを睨《ね》め回したあと、八雲は軽蔑《けいべつ》の混じった視線を晴香に向ける。

「君は、このDVDを観たのか？」

「まだ観てない」

晴香は頭《かぶり》を振る。

あさみから話を聞き、すぐにここに来たのだから、観ているはずがない。

「だとしたら、DVDを観ると、幽霊が出るという現象について、未検証というわけだ」

「そうだけど……」

「検証が終わっていないのであれば、必ずと断定することはできないはずだ」

「それは、そうだけど……」

「仮にDVDを観たら幽霊が出るのだとして、何が呪いなのか、さっぱり分からない」

「どういうこと？」

晴香は首を傾げる。

「そんなことも分からないのか？」

「うん」

「どうやら、アホという言葉だけでは足りないらしい」

八雲は、頬杖《ほおづえ》を突き、嘲《あざけ》りにも似た視線を晴香に向ける。

そんな目をされても、分からないものは分からない。

「何が言いたいの？」

「その幽霊は、観た者に、何か危害を加えたのか？」

「それは……」

坂本という先輩が、サークルに来なくなったとは言っていたが、それ以上何か起きたとは聞いていない。

「まだ、何も起きていないのに、呪いのビデオだと断定するのか？　それは、あまりに

「時期尚早だと思わないか？」

八雲の言っていることは正論だ。

幽霊が出た――というだけで、まだ何かが起きたわけではない。

「でも、何か起きてからじゃ遅いよ」

そうやって、対応が後手に回ったことで、重大な事件に発展してしまうことは、往々にしてある。

昨今の、ストーカー殺人などはいい例だ。

警察に訴えていたにもかかわらず、ろくに対応してもらえず、結果として殺されてしまったという痛ましい事件は、よく耳にする。

晴香がそう反論すると、八雲は露骨に嫌な顔をした。

「君は、これから幽霊が、誰かを呪い殺すとでも言いたいのか？」

口調も敵意に満ちている。

「そういうことが、起こるかもしれないじゃない」

「君は、これまで何を見て来たんだ？」

八雲が舌打ち交じりに問う。

「何って？」

「幽霊が、人を呪い殺すなどということは、あり得ない」

八雲がピシャリと言った。

──そうだった。

慌てていたので、肝心なことを忘れていた。

今は、黒い色のコンタクトレンズで隠しているが、八雲の左眼は、鮮やかな赤色をしている。

ただ赤いだけではなく、死者の魂──つまり幽霊を見ることができる。その特異な体質を活《い》かして、これまで数々の心霊事件を解決してきた。

常に幽霊が見える八雲は、自らの実体験から、幽霊を死者の想いの塊のようなものだと定義している。

故に、物理的な影響力はない。

幽霊が人を呪い殺すなどということは、起こり得ないのだ。

晴香も、間近でそれを見てきたはずなのに、あさみのあまりの怯《おび》えように、動揺してしまったのかもしれない。

「じゃあ、これは呪いのビデオじゃないってこと?」

「そう考えるのが妥当だな」

八雲が腕組みをして、大きく頷《うなず》く。

幽霊が出たくらいで騒ぐな──そう言いたいのだろう。常に、幽霊が見えている八雲からすれば、そう考えるのも当然だ。

「でも……だとしたら、どうすればいいの?」

あさみのあの怯えようでは、幾ら晴香が説いたところで納得はしないだろう。

「そんなものは、ぼくの知ったこっちゃない」

突き放すように八雲が言った。

こうなると、もう返す言葉がない。自信はないが、何とかあさみに説明するしかなさそうだ。

4

八雲の部屋を追い出された晴香は、取り敢《あ》えずあさみに電話してみた。

だが、コール音が鳴るばかりで、電話に出ることも、留守電に切り替わることもなかった。

仕方なく、心霊現象の件で話がしたい旨のメールを送る。

そこまでしたところで、はたと考える。

八雲ではないが、あさみに説明するにしても、自分がこのDVDの中身を知らないでは、話にならない。

晴香は、大学の図書館に足を運んだ。

図書館には、DVDデッキが設置してあるブースがある。そこで、中身を観てみようという算段だ。

家に持ち帰ってからでもいいのだが、あさみから連絡が来るかもしれないし、八雲に呪いは無い——と言われたものの、やはり密室の中で一人で観るというのは気が引けた。図書館なら、誰かいるのだから、必要以上に怖がることもないだろう。

幸い、隅にあるブースが空いていた。

晴香は、ブースにある椅子に腰掛ける。十七インチの小さいモニターだが、中身を確認するだけなので、差し支えはないだろう。

イヤホンを耳に挿すと、DVDをトレイに入れ、再生のボタンを押した。

最初に流れてきたのは、廃墟《はいきょ》と思われる建物の近くで撮影の準備をしている学生たちの映像だった。

監督と思《おぼ》しき男が、高圧的な口調で指示を飛ばしている。おそらく、この人物が、〈映画サークル〉の先輩の坂本だろう。

シナリオを読んでいるあさみの姿もあった。

しばらくして、画面が切り替わる。

画面の中には一人の男と、二人の女が映っていた。そのうちの一人が、あさみで、もう一人は、ナツキだった。

「よーい。スタート！」

坂本と思しき男の声が飛ぶ。

それと同時に、あさみとナツキ、そして、もう一人の男が談笑しながら歩いて行く。

そのあとを、手持ちカメラが追いかける。

画面が揺れて、酷《ひど》く観にくい。酔いそうだ。

「なっ、何これ！」

あさみが、驚きの声を上げながら、病院の煤《すす》けた壁を指差す。

お世辞にも、上手《うま》いとはいえない演技だ。

カメラを持っていた男が、「何だ？　どうした？」とあさみが指差した場所に駆け寄り、これみよがしにズームアップする。

そこには、五寸釘《ごすんくぎ》で打ちつけられた、呪いの藁人形《わらにんぎょう》があった。

みな、一斉に悲鳴を上げる。

観ているだけなのに、何だか頭が痛くなってきた。

四人のグループのうち一人が、手持ちカメラで偶然撮影した体を取っているらしいが、みなの演技が、あまりにわざとらし過ぎて、どうにも白けてしまう。

おまけに、これみよがしにズームアップするところなど、あざと過ぎて失笑ものだ。

リアルさを出そうと、敢えて画面を揺らしているのだろうが、ジェットコースターに乗りながら撮影しているみたいに、激しく揺れるので、頭がくらくらする。

小さい画面で良かったと、つくづく思う。

画面が大きかったら、とてもではないが耐えられない。

何より、既視感が凄《すご》い。

ずいぶん前に、この手のドキュメンタリータッチのホラー映画が流行《はや》ったが、それをそのままなぞっているといった感じだ。

停止ボタンを押そうかと思ったが、頭を振って考えを改めた。

別に、映画の内容を楽しもうとしているわけではない。心霊現象を確かめる為に観ているのだ。

そのあと、同じような構成で、幾つかのシーンが続く。

このまま終わるのではないか——そんな風に思い始めたとき、急に画面にノイズが走った。

晴香は、すっと背筋を伸ばして画面を注視する。

ノイズは次第に大きくなり、ついには、画面がザザーッとサンドストームになった。

このまま、何もない映像が続くと思われた次の瞬間、ノイズが止んだ——。

画面に現れたのは、夜の踏切だった。

カンカン——。

踏切の音が響き渡る。

赤い警告灯の明滅が、不安を掻《か》き立てる。

しばらく、踏切の映像が続いたあと、唐突に画面がブラックアウトする。

これで終わったのかと思ったが、そうではなかった。

闇が次第に薄らいでいく。

やがて、闇の中に白っぽい何かが浮かび上がってくる。

それは人の姿だった。

白い服を着た女性のようだった。

棺桶《かんおけ》のようなところに、横たわっている。

とても幼い顔立ちをしていた。

目を閉じたまま、じっと動かない。薄化粧をしているが、その奥にある肌が、異様なほど青ざめているのが分かる。

――死んでいるの？

晴香が、疑問に思うのと同時に、画面がまた切り替わった。

今度はどこかの路上だ。

夜の雑踏の中、人が行き交っている。

――何これ？

また、映像が切り替わり、さっきと同じ踏切が現れた。

カンカンカン――と警報音が鳴り響く。

警告灯の明滅に合わせて、画面全体に、女の顔が出たり、消えたりする。

と、画面が再びブラックアウトした。

――終わったの？

そう思った矢先、声がした。

〈助けて……〉

掠《かす》れた女の声を聞き、晴香の背中を寒いものが駆け抜ける。

「ひゃっ!」

晴香は、小さく悲鳴を上げながら立ち上がった。耳に挿していたイヤホンが、ポトリと落ちる。

動悸《どうき》がした。

額を汗が伝い、呼吸をするのがやっとだった。

これを観たあさみが、呪いのビデオだと断じるのも頷ける。それほどまでに、不気味な映像だった。

だが──。

あさみが言っていたように、幽霊が姿を現すことはなかった。

──やっぱり勘違いだったのかな?

DVDをトレイから出そうとしたところで、首筋に冷たい何かが触れた。

風とは違う。確かに何かが触れた感触だ。振り返ろうとしたそのとき、耳許《みみもと》で声がした。

「お願い……もう、止めて……」

その声は、DVDから流れてきたものだと思った。だが、イヤホンは、さっき立ち上がったときに外れている。

辺りを見回してみたが、人の姿はどこにもなかった。

――今のは、幽霊だったの？

晴香は、疑問と恐怖を抱いたまま、その場に呆然《ぼうぜん》と立ち尽くすことしかできなかった。

5

晴香は、重い気持ちを引き摺《ず》るようにして家に帰った。

頭からあの映像が離れない。

意味不明な内容ではあるのだが、だからこそ、余計に気になってしまうのだろう。

映像を観たあと、八雲に連絡を取ってみたが、音沙汰《おとさた》は無しだった。一応、〈映画研究同好会〉の部屋にも顔を出してみたのだが、不在だった。

会ったところで、またトラブルメーカー扱いされて、追い返されるのが関の山なのだろうが、それでも、八雲と話すことで恐怖は和らぐ。

理路整然と説明されることで、頭の中が整理されるというのもあるが、八雲と話しているだけで気持ちが楽になる。

憎まれ口ばかり叩《たた》かれているというのに、本当に不思議だ。

今、あれこれと考えていても仕方ない。明日《あした》、改めて八雲のところに顔を出し、この映像を観てもらおう。

八雲に勘違いだと言ってもらえれば、それだけで安心する。

晴香は、気持ちを切り替えようと、ユニットバスに向かった。シャワーを浴びて、お湯に浸《つ》かれば、あの映像も頭から離れるだろう。

が、その目算は見事に外れた。

シャワーを浴びながら、髪を洗っていると、背後から誰かの手が伸びてくるような気がする。

湯船に浸かってみても、鏡に人の影が映ったような気がしてしまう。

無防備で、狭い密室であることが、不安を掻き立てるのだろう。

結局、晴香は逃げるようにユニットバスを出た。

着替えを済ませ、髪を乾かしている間も、ずっと背後が気になってしまった。きっと、あさみも同じ思いを抱えているのだろう。

いつもより大きな音量でテレビを点《つ》け、ベッドに腰掛けたところで、携帯電話に着信があった。

あさみからだった――。

「もしもし」

電話に出るなり、〈助けて〉と、あさみの悲痛な叫び声が聞こえてきた。

「どうしたの？」

〈やっぱり呪いだったんだよ。晴香、何とかして〉

あさみの声は、明らかに恐怖に震えていた。

「ちょっと。落ち着いて。何かあったの？」

〈先輩が……坂本さんが……〉

「何かあったの？」

〈き、消えたのよ！〉

あさみは、そう言いながら泣いていた。

「消えたって、どういうこと？」

こういうとき、こっちまで取り乱しては、状況が摑《つか》めない。晴香は、できるだけ落ち着いた口調で訊《たず》ねた。

〈だから、坂本さんが消えたんだって〉

あさみが、焦《じ》れたように言う。

「幽霊が怖くて、部屋に籠《こ》もってるんじゃなかったの？」

最初に、あさみから聞いた説明では、そういうことだった。

〈そう思ってたの。だけど、違ったの。さっき、みんなで坂本さんの家に行ったんだけど、鍵《かぎ》が開けっ放しになってて……それで、姿が見えないの……〉

「ただ、出かけてただけじゃないの？」

〈部屋に財布も携帯も置きっ放しなんだよ！〉

確かに、その状況だと、出かけたというより、消えたように思える。

不用心でずぼらな人物だったとしても、鍵を開けっ放しの上に、携帯電話も財布も部屋に置いたままというのは、あまりに不自然だ。

とはいえ、これだけの情報で呪いによって消えたというのは、あまりに飛躍している気がする。

「ちょっと出かけただけで、すぐ戻って来るんじゃないの？」

自分で口にしながら、無理があると思ってしまった。

案の定、〈そんなわけない！〉と、すぐにあさみの反論が飛んで来た。

「でも……」

〈部屋で、一時間くらい待ってたのに、戻って来なかったの！〉

それはいよいよおかしい。

「警察に……」

〈そうしようと思って、私も一旦《いったん》、家に帰ったの。だけど、いるのよ！〉

「いるって何が？」

〈あの幽霊よ。家の外に立って、じっと私の部屋の窓を見てるの。きっと、坂本さんも、あの幽霊に連れ去られたのよ〉

あさみが、早口に言う。

坂本の失踪《しっそう》後、自分の家の前に幽霊が現れたことで、あさみはパニックに陥っているようだ。

次は、自分が連れ去られるのだ——と。

「とにかく、警察に電話して。私も、すぐに行くから」

晴香は、早口に言うと電話を切り、コートを羽織って家を飛び出した。

自分が行ったところで、何かできるとは思わない。だが、それでも、慰めることくらいはできるはずだ。

それに、こんなときに、一人で震えているより、誰かがいるだけで、気分はだいぶマシになるはずだ。

あさみの家に行ったのは、一年近く前だが、場所は何となく覚えている。

晴香は、冷たい夜気に身を震わせながら、急いであさみの部屋に向かった。

あさみのマンションは、人通りの少ない路地の奥にあった。かなり古い造りで、一応、オートロックは付いているが、防犯カメラなどはない。

エントランス前にあるインターホンで、あさみの部屋を呼び出した。

しかし、応答はなかった。

——おかしいな。

晴香は、携帯電話であさみに連絡する。どういうわけか、電話の着信音が、マンション前の植え込みの中から聞こえてきた。

——どういうこと？

植え込みに近づくと、そこには携帯電話が落ちていた。晴香が電話を切ると、植え込みの中の着信音も、ぷつりと切れた。

――これ、あさみの携帯電話。

晴香は、屈《かが》み込んで携帯電話を手に取る。この機種に見覚えがある。間違いなく、あさみのものだ。

あさみに、何があったというのだろう。

呆然とする晴香の首筋に、何かが触れた。ひんやりとした感触に、背筋が凍りつく。

――見てはいけない。

頭の中で、繰り返しそう念じたが、身体が勝手に動く。

ゆっくりと振り返ると、そこには青白い顔をした女が立っていた。呪いのビデオの中に出てきた女だ。

「きゃっ！」

晴香が、尻餅《しりもち》を突きながら悲鳴を上げると、女は闇に溶けるように消えていった。

やっぱりあれは本当に呪いのビデオだったに違いない。

晴香は、震える手に意識を集中させ、携帯電話で八雲に連絡した。

鳴り響くコール音が、とても長く感じられた。

〈こんな夜更けに何の用だ？〉

電話の向こうから、八雲の声が聞こえてきた。

苛立《いらだ》ちを滲《にじ》ませた不機嫌な声なのに、どういうわけか晴香の目に安堵《あんど》の涙が浮かんだ。

「八雲君。お願い、助けて――」

晴香は、絞り出すように言った。

6

晴香は、マンションのエントランス前に立ち、呆然《ぼうぜん》とあさみの部屋を見上げていた。

あのあと、八雲の指示で後藤《ごとう》に連絡を取った。

後藤は、〈未解決事件特別捜査室〉に所属する刑事で、八雲の特異な能力を知る、数少ない協力者であり、これまで何度も事件解決を手伝ってもらった。

今は、後藤とその相棒である石井《いしい》が、あさみのマンションの室内を調べているところだ。

ただの取り越し苦労で、「何してるの？」とあさみが出て来てくれることを期待してみたが、植え込みに落ちていた携帯電話が、その可能性を低くしてしまっている。

「大丈夫か？」

不意に声をかけられた。

振り返ると、そこには八雲の姿があった。

寝グセだらけの髪を、ガリガリと掻《か》き、迷惑そうな顔をしているが、八雲の顔を見るだけで、心底ほっとした。

抱きついて、わんわん泣いてしまいたいほどだ。

だが、そんなことをしようものなら、「気持ち悪い」と、散々に言われそうなので、「うん」と小さく頷《うなず》くに止《とど》めた。

「詳しい話を聞かせてくれ」

そう言った八雲の表情は、いつになく険しかった。

もしかしたら、昼間に、ちゃんと話を聞かなかったことを、悔やんでいるのかもしれない。

正直、晴香にも悔やむ気持ちはある。

呪いのビデオ云々《うんぬん》という、あさみの話を、どこか半信半疑で聞いていた。だから、八雲に強く訴えることができなかった。

だが、いつまでもくよくよしていても始まらない。

晴香は、DVDの内容も含めて、知っている範囲のことを、子細に説明した。

一通り説明を終えると、八雲は「なるほど」と、顎《あご》に手を当てて呟《つぶや》いた。

「何か分かった？」

晴香が訊《たず》ねると、八雲が途端に表情を歪《ゆが》める。

「君は、二言目には、それだな」

「だって……」

「先走って結論を出すなと、いつも言ってるだろ」

──仰《おつしや》る通り。

八雲には、口を酸っぱくして、そう言われ続けてきた。自分でも反省はしているが、それでも、不可解な状況を抱えていると、どうにも落ち着かない。

「これって、やっぱりビデオの呪いなのかな……」

晴香は、意識することなく口にした。

言ってからしまった──と思う。さっき、先走るなと言われたばかりだ。だが、八雲の言葉は意外なものだった。

「ある意味、呪いなのかもしれないな」

「どういうこと？」

晴香が聞き返したところで、マンションのエントランスから、後藤と石井が出てきた。

後藤は、「おう」と軽く手を挙げる。

石井の方は「晴香ちゃん」と、声を上げながら子犬のように駆け寄ってくる。

転んだ──。

「何やってんだ」

後藤は、石井の頭を小突きつつ、歩み寄ってきた。石井も、膝《ひざ》をさすりながら、あとに続いてくる。

「それで、どうでした？」

八雲が問う。

「どうも、こうもねぇよ」

「答えになってません」

「うるせぇな」

「うるさいのは、後藤さんの方でしょ」

「何だと！」

八雲と後藤の、いつものやり取りが始まったところで、石井が慌てて止めに入る。

「お前は黙ってろ」

後藤は、吐き捨てるように言うと、怒りの矛先を石井に向け、脳天に拳骨《げんこつ》を落とす。

これもいつものやり取りだ。

ほっとするが、ここでやり合っていても、何も始まらない。

「あさみは、どうでした？」

晴香は、改めて訊ねる。

後藤は「参ったな……」という風に、青く髭《ひげ》の浮かんだ顔を撫《な》でる。

「部屋の中にはいなかった」

「そ、そんな……」

晴香は、その場に頽《くずお》れそうになるのを、辛うじて堪《こら》えた。

「部屋に荒らされた形跡は？」

八雲が訊ねる。

「ない。綺麗《きれい》なもんだ。おまけに、鍵《かぎ》も開けっ放しだし、電気も点《つ》いたままだ」

「そうですか……」

八雲は、呟くように言うと、視線を宙に漂わせる。

「あさみは、誰かに連れ去られたんでしょうか？」

出かけたにしては、状況がおかし過ぎる。晴香は、信じたくない気持ちがありつつも、可能性の一つを口にした。

「不自然な状況ですが、その可能性は低いように思われます」

口を挟んだのは石井だった。

「どうしてです？」

「晴香ちゃんの話では、彼女は怯《おび》えていたんですよね？」

「はい」

「だとしたら、鍵は閉めているはずです」

「犯人は、合い鍵を持っていたのかも」

「でも、何かに怯えていたなら、チェーンロックもしていると思います」

「そうですね」

「チェーンロックが、壊された形跡はありませんし、彼女は、自分の意思でドアを開けたと考えるのが妥当です」

石井は、指先でシルバーフレームのメガネの位置を直しながら淡々と説明する。

言わんとしていることは分かる。だが、晴香には納得できなかった。

「でも、鍵を開けたまま、部屋を出るのって不自然じゃありませんか？　電気も点いていたんですよね？」

「ええ。まあ。それは……」

「それに、携帯電話が植え込みに落ちているなんて、絶対におかしいです」

晴香が強い口調で主張すると、石井がたじろいだ。

「それは、そうなんですが……」

石井が汗を拭《ぬぐ》うような素振りをする。

「幽霊の仕業だと考えられませんか？」

晴香が口にすると、石井の顔が一気に引き攣《つ》った。

「ゆ、幽霊！」

「はい。幽霊が、あさみを連れ去ったのかも……」

「そんなわけないだろ」

言い終わる前に、八雲が否定した。

八雲が何を言おうとしているのかは分かる。八雲は、幽霊は、死んだ人の想いの塊のようなもので、物理的な影響力はないと定義している。

そんな八雲からすれば、幽霊が人を誘拐することなど、万が一にもあり得ない。

だが、晴香も、何の考えもなしに、こんなことを言ったわけではない。ある一つの推論を見出《みいだ》していた。

「でも、幽霊があさみに憑依《ひょうい》して、彼女の意思とは関係なく、どこかに連れて行った可能性はあるでしょ」

これまで、幽霊に憑依された人を、何人も目にしてきた。

幽霊に憑依された場合、自分の意思とは無関係に身体を操られ、思いもよらない行動をとることがある。

憑依現象であったなら、今回の不可解な状況の説明ができる気がする。

──八雲君は、どう考えるだろう？

晴香は、八雲に目を向ける。

「可能性の一つとして、否定はできない」

一応の同意を示した八雲だったが、頭の中では、別のことを考えているようだった──

──。

7

「本当に、観て大丈夫なの？」

晴香は恐る恐る訊ねた。

翌日、八雲が、呪いのビデオを観ると言い出し、図書館のブースに足を運んだのだ。

「何でそんなことを訊《き》く？」

八雲は、例の気怠《けだる》げな表情を晴香に向ける。

何でも何も——。

「だって、これを観たら呪われるかもしれないし……」

「君は、まだそんな間抜けなことを言ってるのか？」

「間抜けって……」

「ホラー映画じゃあるまいし、観たくらいで呪われるわけないだろ」

「でも、あさみは姿を消したままだし……」

あさみは、今に至るも見つかっていない。

後藤たちが捜索をしてくれるようなので、任せて待つしかないのだが、ビデオの呪いが関係しているのだとしたら、見つけるのは困難だろう。

「それについては、君自身が、昨晩、別の可能性を指摘しただろ。忘れたのか？」

あさみが、幽霊に憑依され、自分の意思ではなく、どこかに行ってしまったというあれだ。

もちろん、覚えている。だが——。

「あれは、あくまで可能性の一つだし……」

「分かってる。色々と確かめる為に、観ておく必要があると言っているんだ」

八雲は、話の終了を宣言するように言うと、ＤＶＤデッキのトレイを開き、そこにディスクをセットした。

駆動音とともに、デッキに呑《の》み込まれていくDVDが、何だか不気味なものに思えた。

再生ボタンを押し、映像が流れ始める。

「これは、酷《ひど》いもんだな……」

シーンがスタートするなり、八雲が溜息《ためいき》交じりに言った。

「どう酷いの？」

一応、訊いてみた。

「構図がめちゃくちゃだ。ドキュメンタリーっぽく仕上げようとしているんだろうが、これだと画面が揺れ過ぎだ」

「そうだね」

「ついでに、学生とはいえ、役者の演技も酷い。台詞《せりふ》に至っては、絶望的だな。これなら、試験放送の映像を観ていた方がマシだ」

八雲の感想は、辛辣《しんらつ》そのものだったが、それを批難する気はない。

晴香も、おおよそ同じ感想だったからだ。

しばらくして、画面にノイズが走り、問題のシーンが流れ始めた。

踏切が映し出され、警告灯の赤いランプの明滅に合わせて、カンカンカン――と警報音が鳴り響く。

画面が変わり、死人のような女の顔が映り、夜の街の雑踏に切り替わり、再び踏切が映る。

画面がブラックアウトするのと同時に〈助けて……〉と女の声がした。

何度観ても、不気味な映像だ。

ずいぶん前に、「アンダルシアの犬」という、フランスのショートフィルムを観たことがある。

明確なストーリーはなく、掌《てのひら》に蟻が群がったり、眼球を剃刀《かみそり》で切り裂いたり、切断された腕を杖《つえ》で突《つつ》いたりと、衝撃的で謎めいた映像が断片的に流れるだけの映画だ。

あれを観たときのような、もやもやとした不快感が、全身を覆い尽くしている。

一度観たら終わるかと思っていたが、八雲は、二度、三度と同じ箇所を何度も繰り返し観ている。

もしかしたら、何かを見つけたのかもしれない。

「なるほど――」

映像を観終えた八雲は、呟《つぶや》くように言いながら、尖《とが》った顎《あご》に手をやった。

いつもと変わらぬ涼しい顔をしている。

「どう？」

晴香は、自分の中に渦巻く得体の知れない感情を吹き飛ばすように訊《たず》ねた。

「よくできている」

「はい？」

あまりに想定外の返答だったので、困惑してしまう。

「だからさ、映画サークルの連中が作ったものより、よほど完成度が高い」

「完成度？」

「そうだ。構図もいいし、色味も工夫されている。センスがあるんだろうな。何より、強いメッセージが込められている」

八雲は、感心したように何度も頷《うなず》く。

まるで芸術作品を評価するような口ぶりだ。

晴香からしてみれば、構図や色味などは、不気味そのものだが、そう思わせようとしているのであれば、その目論見《もくろみ》は成功しているのだろう。

少なくとも、坂本たちが撮った、わざとらしい映像よりは、はるかに惹《ひ》き付けられるものだった。だが——。

「メッセージなんてあった？」

晴香には、断片的な映像の切り貼りをしているとしか、思えなかった。

「ある。とても強いメッセージがね」

「そうは思わないけど……」

「ちゃんと観てないからだ」

「ちゃんと観てました」

晴香はむきになって反論する。

一回目は、動揺していた部分があるが、今回は、かなり集中して映像を観ていた。

「だったら、分かるだろ」

「分からないから、訊いてるの」

晴香は、苛立《いらだ》ちから床を踏みならす。

「そんな集中力で、よくうちの大学に合格できたな」

「お陰様で。そんなことより、どんなメッセージが込められているのか、教えてよ」

「自分で確認してくれ」

八雲は、つっけんどんに言うと、トレイからDVDを取り出し、晴香に手渡してきた。

分かるまで、この映像を観ろ――ということなのだろうが、とてもではないが、そんな度胸はない。

今だって、八雲が一緒にいたから観られたようなものだ。

「無理」

晴香は、DVDを受け取ったものの、強い口調で拒否した。

「そんなことで、よく助手が務まるな」

「別に、助手になったつもりはありません。それに、助手だったら、少しくらい分け前があってもいいでしょ」

晴香が強く主張すると、八雲はふっと笑みを零《こぼ》した。

「どういう言い分だ？」

「何が？」

別に、おかしなことを言ったつもりは毛頭ない。

「分け前というが、今回の依頼の報酬は、幾ら出るんだ？」

「それは……」

「君のせいで、ぼくは毎回と言っていいほど、ただ働きを強いられているんだ。報酬云々《うんぬん》は、金になる依頼を持ってきてから言ってくれ」

——仰《おつしや》る通り。

これまで、晴香が八雲の許《もと》に持ち込んだ依頼は、ほとんどが料金が請求できないものばかりだ。

「別にいいじゃない。八雲君だって、探偵やってるわけじゃないでしょ」

「そうだ。ぼくはただの大学生だ。だから、こういう案件を持ち込まれるのは、迷惑なんだよ」

「ご、ごめん……」

そこは、もう謝るしかない。

確かに八雲の言い分はもっともだ。報酬が出るわけでもないトラブルを、次々と運び込まれたのでは、勉学どころではない。

「まあいい。それより、行くぞ——」

八雲が、ガリガリと寝グセだらけの髪を掻《か》きながら、立ち上がる。

「行くって、どこに？」

「調査に決まってるだろ」

蔑《さげす》みに満ちた八雲の視線が痛い。

というか、調査なのは分かるが、どこに調査に行くのかを訊ねているのだ。が、結局、反論はしなかった。

せっかく八雲が動いてくれているのだ。機嫌を損ねてしまっては元も子もない。

8

晴香は、八雲と一緒に学食に足を運ぶことになった——。

あのあと、〈映画サークル〉に顔を出し、ナツキにお願いして、問題のビデオを観た面々を学食に集めてもらったのだ。

集まったのは、ナツキの他に、誠一《せいいち》という男性と、大地という男性の二人だった。

誠一は、件《くだん》のビデオの中で、あさみやナツキと一緒に画面に映っていた演者だ。もう一人の大地は、助監督として参加していて、坂本の編集に立ち会っていたらしい。

ビデオカメラを回していたのは、健太郎《けんたろう》という学生のようだが、彼とは連絡が取れなかったそうだ。

普段なら、さして気にしないのだが、こういう状況だと、ものすごく引っかかる。

「突然、お呼び立てしてしまって、申し訳ありません」

みなテーブル席に腰掛ける中、八雲だけ立って、全員を見渡しながら口を開く。

その場にいる全員の視線が、八雲に向けられる。お前は誰だ？　という疑問が見え隠れする。

八雲は、それを察してか、ニッコリ笑って話を続ける。

「実は、ぼくはある寺の縁者でして、それなりに心霊関係に詳しいのです。もしかしたら、今回の事件で、あなたたちの力になれるかもしれません」

八雲が丁寧な口調で言う。

普段の八雲を知っている晴香からすると、あからさまに不自然な態度だが、初対面である彼らの信頼を得ることはできたようだ。

「坂本と藤本が、行方不明って本当なの？」

最初に口を開いたのは、誠一だった。

「そうですね。二人とも連絡が取れなくなっているのは事実です」

八雲が慎重な口調で答える。

「だから、嫌だったんだよ」

うんざりしたような口調で、誠一が零す。

「何がです？」

八雲は、笑みを崩さずに質問を続ける。

「撮影場所になった病院だよ。あそこって、前から出るって噂だったんだよね」

「出るとは、幽霊のことですか？」

「そう。あそこの医院長、マッドな人で、人体実験とかやってたらしいんだよ。それがバレて、病院が潰《つぶ》れたって曰《いわ》く付きなんだよね」

「そうだったんですか」

八雲は、同調を示す相槌《あいづち》を打ったが、内心ではそれを信じていないことが、ありありと分かった。

かくいう晴香も、誠一の話は、胡散臭《うさんくさ》いと思っていた。

隠れて人体実験をしていたなんて、あまりに話が突拍子もない。仮に、もしそれが本当だったとしたら、大変なニュースになっているはずだが、そんなものを聞いた覚えはない。

よくある都市伝説のようなものだろう。

「撮影した映像には、あんな気味の悪いものが映ってるし、最悪だよ」

誠一は、この世の終わりだ——とでも言いたげな顔だ。

「撮影場所は、誰が決めたんですか？」

八雲が問うと、大地が小さく手を挙げた。

「お前が決めたの？」

誠一が、責めるような視線を大地に向ける。

「いえ。そうではなくて、坂本さんから、撮影場所の候補を探せって言われて、幾つか候補を出したんです。その中の一つが——」

大地は、そこまで言って視線を落とした。責任を感じているのかもしれないが、最終的に選んだのが坂本なら、そこまで自分を責めることはない。

これまでの話を総合すると、人体実験の件はともかく、撮影場所となった廃病院に何か問題があり、そのせいで呪いのビデオができあがったということなのだろう。

人体実験がなかったとしても、病院はたくさんの人が死んでいる。

そんなところで撮影すれば、心霊現象が起きても、何ら不思議はない。

「撮影中は、特におかしなことはなかったんですか？」

八雲が訊《たず》ねると、三人はお互いに顔を見合わせながら頷《うなず》いた。

ここで、晴香は少しだけ違和感を覚えた。

あれだけの映像が映っているのだ。撮影中、何も起きなかったというのは、どうにも不自然な気がする。

「ちなみに、最初に映像を確認したのは、誰ですか？」

八雲が問うと、また大地が手を挙げた。

「坂本さんの編集作業に立ち会ったときに、観たのが最初だと思います」

「そのとき、坂本さんは幽霊を見たそうですが、あなたは見ましたか？」

「いいえ。部屋の電気が消えたので、ブレーカーが落ちたのかと思って、部屋を出たんです。そしたら、坂本さんの悲鳴が聞こえて……」

「では、見ていないんですか？」

「はっきりとは見ていません。でも……部屋に戻ったとき、女が立っていたような気がしました……」

見たと断言するまでには至らないが、それらしきものは目撃している——ということのようだ。

「なるほど。あなたは、見ましたか？」

八雲が、誠一に顔を向ける。

「見てないな……」

誠一が眉《まゆ》を寄せながら言う。

「映像は、あなた一人で観たんですか？」

「いや。坂本に言われたんだ。映像を観て欲しいって。それで、坂本と一緒に映像を観たんだ」

「そのときは、幽霊は現れなかったんですか？」

「ああ。映像は気持ち悪かったけど、それだけだった」

誠一は、あまり恐怖心を抱いていないように見えたが、それはおそらく、幽霊を見ていないからだろう。

「あなたは、どうですか？」

八雲が、今度はナツキに目を向ける。

「私も……幽霊は見てません」

「映像は観たんですよね？」

「はい」

「誰と観ましたか？」

「あさみと二人でです」

ナツキが答えると、八雲が「おや？」という顔をした。

思わず出てしまったというより、圧力をかける為に、わざとそういう顔を見せているといった感じだ。

「あさみさんは、幽霊を見ていたはずですが？」

八雲が、晴香に同意を求めてきた。

「私は、そう聞いてるけど」

晴香の答えに、満足そうに頷いた八雲は、改めてナツキに目を向ける。

「どうして、あさみさんだけ幽霊を見たんですか？」

「それは……あさみは、私より先に観ているんです。坂本さんから渡されて……。それで、変なものが映ってるから、一緒に観て欲しいと言われたんです」

つまり、あさみが一人で観たときは、幽霊が現れたが、その後、二人で観たときは、何も出なかった。あさみは幽霊を見ているが、ナツキは見ていないということだろう。

筋は通っている。だが──。

ナツキの態度は、明らかにおかしい。何かに怯《おび》えて、びくびくしているといった感じだ。

「その話に、嘘はありませんか？」

八雲は、腕組みをして目を細めた。

「はい」

ナツキは、そう答えると俯《うつむ》いてしまった。

八雲は、ナツキに対して、もっと追及するかと思ったが、意外にもあっさり「そうですか」と引いてしまった。

ナツキの態度が不自然に見えたのは、晴香の思い違いだろうか？

などと考えているうちに、八雲は「色々と参考になりました──」と、さっさとその場を立ち去ってしまう。

力になれるかも──などと言われたのに、中途半端に残されることになった面々は、半ば呆然《ぼうぜん》としている。

晴香は、八雲の代わりに丁寧に礼を言ってから、その場を立ち去ろうとしたが、誠一に呼び止められた。

「で、おれたちは、どうすればいいの？」

まあ、そう思うのは当然だ。

「何か分かったら、連絡します」

「うちらの連絡先を知ってるの？」

──それは……。

「そうだ。ナツキさん。連絡先を交換してもらってもいいですか？」

晴香は、ナツキに声をかけ、お互いの連絡先を交換してから、八雲のあとを追いかけた。

9

「それで、何か分かったの？」

学食を出たところで、ようやく八雲に追いついた晴香は、疑問をぶつけてみた。

八雲は、晴香を一瞥《いちべつ》する。

「だいたいのところは、分かった」

八雲がさらりと言う。

「何が分かったの？」

「今は、まだ言えない」

八雲が、こういう反応をするのは、いつものことだ。

意地悪をしているとか、もったいつけているとかいうわけではない。確証が得られるまで、余計なことを口にしたくないのだ。

そうすることで、できるだけ先入観を持たないようにしているのだ。

「少しくらい、ヒントをくれてもいいでしょ？」

「クイズ番組をやるつもりはない」

「まあ、そうだけど」

「仮にクイズをやったとしても、君の脳では、解けないだろうな」

相変わらず、酷《ひど》い言いようだ。

「どうせ、私はバカですよ」

「分かってるじゃないか」

「むっ！」

怒りが沸き上がってきたが、反論したところで、百倍になって返ってくるだけだろう。

「まあ、彼らの話を聞いていれば、ある法則があるのが分かるだろ」

八雲が、戯《おど》けるように両手を広げながら言う。

「法則……」

「そうだ。全員が呪いのビデオを観た。それなのに、幽霊を見た者と、そうでない者がいる。それは、なぜかを考えれば、答えが見つかるはずだ」

八雲のヒントを聞き、晴香は考えを巡らせる。

坂本とあさみは、幽霊の姿を目撃している。大地は、それらしきものを見た――という曖昧《あいまい》な感じだ。

一方の誠一とナツキは、幽霊の姿を見てはいない。

そして、姿を消したのは、幽霊を見た坂本とあさみの二人だ。

八雲の言うように、そこには、何かの法則があるように思える。だが、それが何なのか、いくら考えても分からない。

そうこうしているうちに、八雲の隠れ家である〈映画研究同好会〉の部屋に辿《たど》り着いた。

部屋のドアを開けると、そこには後藤と石井の姿があった。

「後藤さん。石井さん。どうしたんですか？」

晴香が声を上げると、煙草をくわえていた後藤が、「どうしたんですか——じゃねぇよ」と毒づいた。

その言葉を聞き、ようやく自分の質問の愚かさに気づく。

昨晩、後藤と石井に来てもらい、あさみと坂本のことを調べてくれるようお願いしてあったのだ。

「すみません。つい……」

「いいんです。私は、こうして晴香ちゃんに会えるだけで、嬉《うれ》しいんですから」

石井が、晴香をフォローするように、胸を張りながら言う。

が、すぐに後藤に「ニヤニヤすんな」と小突かれた。

「どうでもいいですけど、不法侵入は止めて頂けますか？　とても、現職の警察官のやることじゃありません」

八雲が、気怠《けだる》げに言いながら、定位置である椅子に座る。

「あん？　こっちは、頼まれたことを調べてやってんだ。それに、不法侵入もクソもあるか！　だいたい、鍵《かぎ》を開けっ放しにする方が悪い！」

後藤が、ドンドンとテーブルを叩《たた》きながら主張する。

「めちゃくちゃな言い分ですね。後藤さんの思考は、まるで犯罪者だ」

「何だと！」

肩を怒らせながら、立ち上がった後藤を、石井が「まあまあ」と宥《なだ》めるが、とばっちりで拳骨《げんこつ》を落とされた。

「それから、ここは禁煙です」

八雲は、後藤の煙草を指差す。

せっかく、石井が止めたのに、また怒りを買うようなことを平然と言う。まあ、それが八雲らしいといえば、八雲らしい。

後藤は、舌打ちをすると、「火は点《つ》けてねぇだろ」と言いながら、煙草をしまった。

「それで――何か分かりましたか？」

全員が席に着き、場が落ち着いたところで、八雲が切り出した。

後藤が説明するのかと思ったが、面倒臭いらしく、顎《あご》を振って石井に合図をする。石井は、「は、はい」と慌てながらも、メモ帳を取り出し説明を始める。

「坂本栄史さんも、藤本あさみさんも、今のところ消息は不明なままです。状況を説明して、それぞれの両親が行方不明者届を提出して、受理されました」

石井は、淡々とした口調だったが、「行方不明者届」という言葉を耳にして、晴香はどっと気分が重くなった。

事態が、深刻なものになっていることの証明だ。

「手掛かりは、何かあったんですか？」

「今のところめぼしい目撃情報などはありません。防犯カメラがあれば良かったのですが、坂本さんの家も、藤本さんの家も、設置されていませんでした」

「そっか……」

晴香は、落胆とともに口にした。

もし、防犯カメラの映像があれば、二人の消息の足掛かりが摑《つか》めたかもしれない。

「指紋などは、どうですか？」

八雲が、頰杖《ほおづえ》を突きながら訊《たず》ねる。

「一応、採取はしましたが、二人とも、友人などの出入りが多かったようで、的が絞れていない状況ですね……」

石井が、指先でシルバーフレームのメガネの位置を修正する。

一人暮らしだったとはいえ、友人などが頻繁に出入りしていたのだとすると、本人以外の指紋が多数検出されるのは当然だ。

「二人は、何かトラブルのようなものを、抱えていた節はあるんですか？」

八雲が別の質問を投げかける。

「色々と聞き込みはしていますが、まだ情報が少なくて、これといったものは……」

「結局、まだ何も分かってない──と」

八雲が、大きく伸びをしながら言うと、石井が「すみません」と頭を下げた。

別に、謝るところではないと思うのだが、石井は謝罪癖のようなものがある。

「お前の方はどうなんだ？」

後藤が、ぐいっと身を乗り出しながら八雲に訊ねる。

それを受けた八雲は、ニヤリと不敵な笑みを浮かべてみせた。

「まあ、だいたいのことは分かっています」

八雲は、さらりと言う。

「何だと？　説明しろ！」

後藤は、怒声にも似た声を上げ、八雲に詰め寄る。

「そんなデカイ声を出さなくても聞こえてますよ」

八雲は、耳に指を突っ込んで、うるさいとアピールする。

「ごちゃごちゃ言ってねぇで、さっさと言え」

「嫌です」

「な、何！」

「だから、嫌だと言ったんです」

「てめぇに頼まれたから、動いてやってんのに、何だその態度は！」

憤然とした後藤が、八雲の胸倉を掴み上げる。

だが、八雲は動じることなく、涼しい目をしている。

「石井さん。この男を、恐喝と暴行の現行犯で逮捕して下さい」

いきなり振られた石井は、どうしていいのか分からないらしく、ただ「いや、あの……」と狼狽《ろうばい》している。

「逮捕できるもんならやってみろ！」

後藤が、さらに声を上げる。

「何をそんなに偉そうにしているんですか？」

「何？」

「だいたい、市民の安全を守るのは、警察の仕事ですよ。それなのに、ぼくの依頼がどうした――って恩着せがましい」

「ぐっ……」

後藤は、理路整然と並べ立てる八雲に対して、反論の言葉を失ったらしく「うるせぇ」と負け惜しみのような言葉を吐き、手を離した。

苛立《いらだ》ちが募ったのか、自然に煙草に手が伸びるが、すぐに八雲に「禁煙」と一蹴《いっしゅう》され、動きを止めた。

「冗談はこれくらいにして、本題に入りましょう」

八雲が、パンと手を打った。

それだけで、部屋の中の空気が、一気に張り詰めたような気がした。それは、後藤も石井も同じらしく、表情を引き締めて、八雲に視線を注ぐ。

「あれを出してくれ——」

充分に間を取ったあと、八雲が、晴香に向かって言う。

「あれって何？」

いきなり言われても、何のことだか——。

「君は、本当にすっとこどっこいだな」

「どういう意味よ」

「知りたければ、辞書を引け」

「ぬうっ」

「呪いのビデオだよ」

八雲が、呆《あき》れた口調で言う。

それならそうと、最初からちゃんと言ってくれればいいものを——晴香は、不満を抱えながらも、バッグの中からＤＶＤを取り出した。

「何だこれは？」

後藤が、訊ねてくる。

「昨晩、話したでしょ。これが、例の呪いのビデオです」

八雲が言うなり、石井が「ひぃ！」と悲鳴を上げ、椅子から跳び上がった。

が、次の瞬間、後藤に「うるせぇ！」と小突かれ、すごすごと椅子に座り直す。

「これが、何だっていうんだ？」

後藤がＤＶＤを手に取り、しげしげと観察しながら訊ねる。

「このＤＶＤの後半に、女性の顔が映っています。その女性は、おそらく、事故か何かで亡くなっています。その女性が、誰なのかを特定して欲しいんです」

──そういうことか。

幽霊の正体が摑めれば、今回の謎は解けるということだ。

「簡単に言うんじゃねぇよ。顔だけで、特定するなんて、どれだけ時間がかかると思ってんだ」

後藤の言い分はもっともだ。

顔だけで個人を特定するのは、相当に困難な作業だ。

「他にも情報はありますよ。死んだのは、おそらく踏切の近くです」

「踏切？」

映像を観ていない後藤には、ピンと来ないかもしれない。だが、晴香からしてみれば、なるほど──と思う。

映像の中には、繰り返し、踏切の映像が差し込まれていた。あれは、女性が死んだ場所を暗示していたということなのだろう。

「それから、その女性の名前は、カナです」

「え？」

晴香は、驚きで思わず立ち上がった。

八雲はなぜ、映像に映っている女性の名前を知っているのだ？　名前など、どこにも出て来なかったはずだ。

晴香が、そのことを訊ねたが、八雲は「そのうち分かる」と、曖昧《あいまい》な返事を寄越しただけだった。

おそらく、八雲には全ての真実が見えているのだろうが、晴香の方は謎が深まるばかりだった。

「これから、どうするの？」

後藤と石井が帰ったあと、晴香は八雲に訊ねた。

依然として、坂本とあさみは行方不明のままだし、事件解決の糸口すら見えていないように思う。

もし、呪いのビデオに、何かしらの力があるのだとしたら、それを観てしまった晴香にも、何かしらの害が及ぶことになる。

今さらのように、それを認識して、心の底がぞくっと震えた。

「本当なら、じっくりと調査してからにしたいところだが、そう余裕はない」

「どういうこと？」

「言葉のままだ。このままだと、行方不明になった二人は、死ぬかもしれない」

八雲から放たれた衝撃的な言葉に、晴香は息を呑《の》んだ。

「な、何とかならないの？」

「何とかする為に、動いているんだろ」

「あっ、そうか……」

「君には、やってもらいたいことがある」

八雲が口許《くちもと》に笑みを浮かべた。

が、目は全然、笑っていない。何だか、とてつもなく嫌な予感がする――。

10

晴香は、再び学食に足を運んだ――。

テーブル席に座っていると、一人の女性が、おずおずとした足取りで歩み寄ってきた。

ナツキだ――。

偶然、顔を合わせたわけではない。晴香が呼び出したのだ。

「ごめんね。急に」

がある。

晴香が、立ち上がりながら声をかけると、ナツキは「いえ」と、か細い声で答えた。

最初に会ったときから思っていたが、とても線の細い女性で、どことなく幸薄い印象がある。

晴香は、ナツキに座るように促し、自分も席に座り直した。

「それで──話っていうのは？」

ナツキが切り出した。

落ち着きなく、周囲に視線を走らせる。まるで、晴香と一緒にいるところを、見られたくないといった感じだ。

「うん。実は、例の呪いのビデオについて、色々と聞きたかったんだ」

「知っていることは、もう話しました」

ナツキの声は、さっきより一層、沈み込んでいるようだった。

何か根拠があるわけではない。それでも、ナツキは何か隠しているという気がした。

八雲から、もう一度、ナツキに話を聞くように頼まれたのだが、彼女をターゲットに絞った八雲の目算は、間違っていなかったのかもしれない。

「別に、大したことじゃないの。ただ、確認というか、そんな感じ」

晴香は、努めて明るい口調で言った。

ナツキは、「何でしょう？」と、晴香に顔を向ける。

一応の同意はしたが、あまり突っ込んだ質問はして欲しくないという思いが、ありありと伝わってくる。

何だか、かわいそうになってくるが、ここで引くわけにはいかない。

「ナツキさんって、もしかして、映像に出てきた女性が誰か、知っているんじゃない？」

晴香が口にするなり、ナツキの表情が曇った。

——ビンゴ！

やはり、八雲の読みは、当たっていたということのようだ。

「知りません」

ナツキは、頭《かぶり》を振った。

「本当に？」

「はい」

「あの女性の名前は、カナさん。どう？　思い出した？」

晴香は、ナツキの顔を覗《のぞ》き込む。

「どうして、カナの名前を知ってるんですか？」

ナツキは、零《こぼ》れんばかりに目を剝《む》きながら口にする。

嘘を吐くのが、あまり上手《うま》くないようだ。今の発言は、知っていると認めたのと同じだ。

「やっぱり、知ってるんですね？」

晴香は、念押しするように訊《たず》ねる。

ナッキは答えることなく俯《うつむ》き、しばらく黙っていた。

どう反応すべきか、考えを整理しているのかもしれない。あるいは、知っていることを話す覚悟を決めているといったところだろう。

「知りません――」

ナツキが顔を上げ、きっぱりと言った。

さっきまでの弱々しい感じが嘘のように、強い意志を宿した表情をしていた。

「え?」

「ですから、知りません」

ナツキがもう一度言う。

「でも、名前を知っていたじゃない」

「私の友だちの名前と同じだったので、その人のことを言っているのかと思ったんです。でも、違います」

何がナツキを変えたのかは分からないが、つけいる隙がないほど、ナツキは堂々としていた。

「でも……」

「話は、これで終わりですか?」

ナツキが聞き返してくる。

「あっ、えっと……」

あまりに想定外の反応に、晴香は答えに窮してしまう。

「じゃあ、もう行きますね」

ナツキは、きっぱりと告げると、席を立って去って行ってしまった。

晴香は、その姿を黙って見送ることしかできなかった。

ナツキの中で、いったいどんな心境の変化があったのだろう？　なぜ、急に頑《かたく》なな態度になったのだろう？

考えてみたが、答えは出なかった。ただ、摑《つか》みかけた何かが、手の隙間からするりと零れ落ちたという実感だけが残った。

困惑しているところに、携帯電話に着信があった。八雲だった——。

「もしもし」

〈どうだった？〉

開口一番に、八雲が訊ねてきた。

「ダメだった……」

晴香は、落胆とともに口にした。

〈知らないと言っていたのか？〉

「うん。だけど、何か知っている風だったのは間違いない。突っ込んで訊《き》いてみたら、途端に拒絶されたって感じ……」

情報収集に見事に失敗したのだ。八雲から、小言の一つももらうかと思った。だが、八雲は意外にも〈だろうな〉と、最初から結末を知っていたかのようなもの言いだった。

何だか、八雲の掌《てのひら》の上で踊らされている気がして、釈然としない。

「ねえ。ナツキさんが、質問に答えないって、最初から分かってたの？」

〈そういう可能性もあるとは、考えていた〉

何だか、うまい言い訳をされている気がした。

きっと八雲は、浮気をしても、絶対に尻尾《しっぽ》を掴ませないタイプだろう。まあ、八雲が浮気をするタイプかどうかは分からないが——。

「で、これからどうするの？」

〈ある人物に、連絡を取って欲しい。そのあと合流だ〉

きっと、連絡をする人物は、新聞記者の真琴《まこと》だろう。前回の事件のとき、彼女の情報が解決の糸口になった。今回もそのパターンに違いない。

「誰に、何の連絡をするの？」

晴香が訊ねると、八雲がその内容を口にした。

「何でそんなことをするの？」

説明を聞いて、晴香は驚きを隠せなかった。

しかし、当の八雲は〈そのうち分かる——〉と、定型文のような逃げ口上。色々と不満はあるが、問い詰めたところで、素直に喋《しゃべ》るようなタイプではない。

晴香は「分かった」と応じるより他なかった。

八雲は、合流の場所と時間を手短に伝えると、電話を切ってしまった。

どっと背中が重くなった気がする。

元々は、晴香が持ち込んだ話なのだから、文句が言える立場にないのは分かっているが、それでも、こうも振り回されると嫌になってくる。

だいたい、こんなことで、坂本やあさみの行方が分かるのだろうか？

疑問を抱きつつも、晴香は席を立った――。

11

「うわっ……」

その建物を見るなり、晴香は思わず声を上げた。

例のビデオの撮影場所となった、廃病院だ。小高い山の麓《ふもと》にあり、周囲には他の建物がない。

四階建ての建物で、壁の一部は崩れ落ち、窓ガラスは軒並み割れている。ニュースで見た、紛争地の建物のような有様だ。

もしかしたら、呪いのビデオは、この場所で起きた何かに関係しているかもしれない――そう思うと、建物が、どす黒い何かを発散させているようにも見えた。

誠一の話では、ここには以前から幽霊が出るという噂があったという。

人体実験の有無はともかく、ここで何かがあったのだろう。人が立ち入ってはいけない禁忌の場所だった。にもかかわらず、この場所で撮影をしてしまった。その結果として、呪いのビデオを生み出したと考えると、辻褄《つじつま》が合う気がする。

なぜ、八雲はこんな場所に集合するように指示したのだろう。しかも、彼女にあんな連絡をしたあとに——。

「八雲君」

晴香は、雑草に塗《まみ》れた敷地に足を踏み入れながら、声を上げる。

だが、返事はない。

まだ来ていないのだろうか？　事件の謎を解くときの八雲は、理路整然としているのだが、それ以外は、時間を含めてルーズなところがある。

まあ、それが八雲らしさでもあり、魅力といえなくもない。

とはいえ、こんなところに、一人で待たされるのは、あまり心地のいいものではない。

「ねぇ！　八雲君！　いないの？」

晴香は歩みを進め、病院のエントランスの前まで足を運んだところで、改めて声を上げた。

やはり、返事はなかった。

——待つしかないか。

そう思った矢先、エントランスの奥で、何かが動いたような気がした。それだけではなく、誰かに見られているという気配を感じる。

覗き込むようにして、奥に視線を向けた。

光が届かない、真っ暗な闇が続いている。この先は、別の世界に通じているのではないかと、錯覚するほどだ。

しばらく、目を凝らしてみたが、見えるのは闇ばかりだ。

——勘違いか。

晴香は、ふっと息を吐き、エントランスに背中を向けた。

呪いのビデオのことを気にしすぎて、過敏に反応してしまっているようだ。少し、落ち着こう。

晴香は、深呼吸をしてみたが、不安を払拭《ふっしょく》することはできなかった。

その時、じゃりっと土を踏む音がした。

びくっと肩を震わせた晴香は、そのままの勢いで振り返ろうとした。が、次の瞬間、頭に何かが被《かぶ》せられた。

おそらくは、布袋のようなものだ。

——何？

その布袋を剝《は》がそうとしたが、それより先に、羽交い締めにされた。

「は、放して！」

晴香は、気の遠くなるような恐怖に襲われながらも、必死に叫び、自分を搦《から》め捕った腕から逃れようと、身体を捩《よじ》る。

しかし、ダメだった。

相手の力の方が、はるかに強く、そのままずるずると引き摺《ず》られていく。

「助けて！　八雲君！」

晴香は必死に叫ぶ。

おそらく、もう建物の中に引き摺り込まれてしまっているのだろう。このままでは、悲鳴も届かない場所に連れていかれてしまう。

尚《なお》も暴れたが、そうすればするほどに、筋肉が疲弊し、力が抜けていく。踏ん張りが利かなくなり、晴香はずるずると引き摺られながら運ばれていく。

晴香の心に、じわじわと黒い染みが広がっていく。それは、おそらくは絶望なのだろう。

――お願い！　八雲君！

晴香は、ただ祈ることしかできなかった。

だが、その祈りは届かない。

階段のような場所を降《くだ》ったところで、晴香を拘束していた腕が外れた。

解放された――そう思ったのも束の間、晴香は埃《ほこり》臭いコンクリートの床に押し倒されてしまった。

這《は》って逃げ出そうとしたが、髪を摑《つか》まれ、引き戻される。

そのまま、両手を後ろに回され、ロープのようなもので縛り付けられる。

こうなっては、もう逃れようがない。

本当に、もうダメなんだ——そう思うと、自然と涙腺《るいせん》が緩み、涙が零《こぼ》れ落ちた。

こんな風に、訳も分からず、拘束されることになるとは、夢にも思わなかった。

このまま、私は殺されるのだろうか？　こんなことになるなら、もっとやりたいことがあった。会いたい人がいる。話しておきたいことがある。

——八雲君。

心の中で、その名を呼んだ。

救いの声がした。

「そこまでです——」

晴香が、心の底から待ち望んでいた声。

八雲だ——。

晴香を拘束していた人物が、ダッと駆け出す足音がした。

「後藤さん！　石井さん！　逃がさないで下さい！」

八雲が叫ぶ。

「待て！」

「放せ！　畜生！」

「騒ぐんじゃねぇ！」

怒号と、人のもみ合う音が響き渡る。

顔に布袋を被せられている晴香には、何が起きているのかは分からない。

やがて、後藤の「おらっ！」という声とともに、静寂が訪れた。

「大丈夫か？」

囁《ささや》くような八雲の声がした。

晴香が、身体を起こして小さく頷《うなず》くと、顔に被せられた布袋が外された。

そこには、八雲の顔があった。

「夢じゃないよね……」

晴香が、涙ながらに口にすると、八雲は口許《くちもと》に小さく笑みを浮かべて「ああ」と応じた。

ロープで縛られていなければ、今すぐ八雲に抱きついていただろう。

「もっと早く来るつもりだったんだが、少し手間取った。すまない」

八雲は、いつになく優しい声で言《い》うと、晴香の頭にぽんと手を置いた。

それがスイッチになって、恐怖で凍てついていた心が、安堵《あんど》に満たされ、また涙が出た。

——八雲に会えた。

「今、ロープを解《ほど》く」

八雲は、そう言うと晴香の後ろに回り、ロープを解いてくれた。

両手が自由になると、一気に力が抜けた。

晴香は、ようやく周囲を確認するだけの余裕ができた。

目を向けると、少し離れたところに、後藤と石井が立っていた。そして、彼らの足許には、一人の男が鼻から血を流し、仰向けに倒れていた。

おそらくは、後藤のパンチを食らったのだろう。

晴香を襲ったのは、あの男に違いない。

そして、その男の顔に、晴香は見覚えがあった。あれは――。

「そうだ。彼が今回の事件の元凶だ」

八雲が、晴香の心を見透かしたように言った。

12

「どういうことなの？」

晴香は、立ち上がりながら八雲に詰め寄る。

今、そこに倒れているのは、学食で会った大地だった。正直、彼のことは、ほとんど知らない。だからこそ、何で自分が襲われなければならないのか、さっぱり分からない。

それに、八雲は「今回の事件の元凶だ」と言った。それはつまり、坂本やあさみの失《しっ》踪《そう》、ひいては、呪いのビデオにもかかわっていることを意味する。

「それを説明する為には、まず、呪いのビデオに映っていたのが、誰なのかをはっきりさせる必要がある」

八雲は、ゆっくりと歩みを進め、大地の前でピタリと足を止めた。

大地を見下ろす八雲の目は、見ている晴香の方が怖くなるほど冷たかった。

「誰なの？」

晴香が訊《たず》ねると、八雲は石井に目を向け「お願いします」と小声で告げる。

石井は、了解したとばかりに大きく頷くと、晴香に顔を向ける。

「あのビデオに映っていたのは、沢木《さわき》香奈《かな》さんという女性でした」

その名を聞き、晴香は八雲に目を向ける。

石井たちに調べてくれるように依頼した女性の名が、カナだった。あのとき、抱いた疑問が、再び浮かび上がる。

「どうして、名前が分かったの？」

「言っただろ。あの映像には、強いメッセージが込められているって」

八雲は、さも当然のように言うが、さっぱり意味が分からない。晴香が、そのことを主張すると、八雲は、やれやれという風に溜息《ためいき》を吐いてから口を開いた。

「あの映像は、ところどころノイズが入っていただろ」

「うん」

「ただ観ているだけでは分からないが、注意深く観察すると、ノイズが走る瞬間、ほんの一瞬だけ、画面に文字が現れる」

全然、気づかなかった。

今になって思えば、八雲は何度も映像を確認していた。それは、浮かび上がった文字を確認する為だったというわけだ。

「そこに現れた文字が、カナ？」

「そうだ。詳しい説明は省くが、サブリミナル効果という奴で、潜在意識に訴えかける働きがある」

「そうだったんだ……」

八雲は、一回観ただけで、何かしらの違和感を覚えたのだろう。だから、何度も見直し、隠された文字を見つけることができた。

「その香奈さんですが、昨年の秋、亡くなっています」

石井が、会話に割って入ってきた。

「亡くなった……」

話の流れで想像できてはいたが、改めてその事実を突きつけられ、晴香は目眩《めまい》を覚えた。

「死因は、急性アルコール中毒です。路上に女性が倒れていると通報があり、救急隊が駆けつけましたが、既に死亡していました」

石井が、メモを取り出し、それを読み上げる。

「その日、香奈さんは、大学のサークルの会合に参加し、飲酒をしていました。その後、他のメンバーは二次会に流れたのですが、香奈さんは、そのまま帰宅しました。しかし、途中で倒れてしまったというわけです」

「どうして、そんな……」

石井が、沈痛な顔で言う。

「そうだったんですか……」

「倒れた場所は、人通りが少なく、発見が遅れてしまったことも一因です。まさに、不幸な事故といったところです」

「繰り返しになるが、例の映像には、強いメッセージが込められていた――」

八雲が、静かに語り出した。

「踏切、警報音、警告灯の赤いランプ。これらは、香奈さんが亡くなった場所を暗示していた」

「そうか……」

「そして、カナという名前をサブリミナル効果で差し込み、彼女の死体の写真を画面に映し出した。これは、そのまま、彼女の死を思い出せというメッセージになっているわけだ」

――なるほど。

最初に観たときは、ただ単に不気味な映像の連続だと思っていたが、そこには明確なメッセージが込められていたということだ。

納得はしたが、同時に分からないことがあった。

「もしかして、あの映像は呪いではなく、誰かが作ったってこと？」

晴香が訊ねると、八雲が顎《あご》を引いて頷いた。

「そうだ。それを作ったのが——彼だ」

八雲が、倒れている大地を指差す。

「どうして？」

どんな理由で、大地がそんなことをしたのかが分からない。

「これは、復讐《ふくしゅう》だったんだよ」

八雲が哀しげに目を伏せながら言った。

「復讐？」

「そうだ。彼と香奈さんはたぶん恋人同士だったんだ」

八雲がもう一度、大地に目を向ける。

「なぜ、そんなことを知ってるの？」

「たぶんと言っただろ。ただの推測だ。まあ、根拠がないわけではない。後藤さんに調べてもらったところによると、二人は同じ高校の出身だった。以前から、交際していた可能性はある」

「もちろん、それだけじゃ断定はできない。だが、それくらい親しい関係でない限り、復讐など目論《もくろ》まなかったはずだ」

八雲が、淡々とした口調で告げる。

全てを承知しているような表情だが、晴香にはまだ分からない。

「あの映像を作ることが、どうして復讐になるの？」

「映像だけじゃない。坂本さんと、藤本さんを拉致《らち》したのも、彼の仕業だ」

「何で拉致したりしたの？」

晴香が問いかけると、八雲は苛立《いらだ》ったように、ガリガリと髪をかき回した。

「そろそろ自分で説明したらどうです？　もう目を覚ましているんでしょ」

八雲が告げると、大地はゆっくりと身体を起こした。

逃亡しようとか、暴れようとかいう動きは見られなかった。

もう、諦《あきら》めているのかもしれない。

「何が……不幸な事故だ……」

大地が、絞り出すように言った。

死に際のように掠《かす》れたその声には、強い怨念《おんねん》が込められていた。

「え？」

「香奈は、殺されたんだ」

「でも、それだけじゃ……」

大地はカッと目を見開き、晴香を見据えた。

威嚇する猛獣のように、ぎらぎらとした目をしていた。

「でも、さっき……」

晴香が口にすると、大地は「違う！」と遮った。

「香奈は、酒が呑《の》めなかったんだ。それなのに、坂本たちは、学園祭の打ち上げの席で、香奈に無理矢理酒を呑ませたんだ。挙げ句、自分たちは二次会に行くからと、一人で歩けないほどに泥酔していた香奈を、置き去りにしたんだ」

「そ、そんな……」

晴香は、思わず口を覆った。

大学生が悪酔いした上で、急性アルコール中毒になるという話はよく耳にする。

本人が進んで呑んだのであれば、自業自得ということにもなるが、無理矢理呑ませたのであれば大問題だ。

昨今は、色々と規制もされ、店側も一気飲みなどの無理な飲酒をしないように、貼り紙をしていたりする。

それでも、無理な飲酒が無くなったわけではない。香奈は、その犠牲者だったということだろうか――。

それに、強引に呑ませた上に、放置したというのが本当なら、それは大地の言うように、殺したのも同然だ。

確か、法律でも保護責任者遺棄致死に問われるはずだ。

「香奈は、映画が本当に好きで、将来は、映画関係の仕事に就きたいって言ってたんだ。その夢を、あいつらは奪ったんだ……」

大地の目から、ぼろっと涙が零《こぼ》れ落ちた。

この反応からして、八雲の推測は正しかったのだろう。大地は、香奈と特別な関係にあった。

どんな交際をしていたかは知る由もないが、きっと二人の時間が永遠に続くと思っていただろう。

それが、ある日、何の前触れもなく壊された——。

「香奈は、朦朧《もうろう》とする意識の中で、おれに電話してきたんだ。踏切の音がうるさくて、何を言っているのか、全然分からなかった。どこにいるんだって訊《き》いたけど、答えが返って来なくて……。おれ、携帯電話を持ったまま、必死に香奈を捜したんだ。だけど、見つけられなくて……。だんだん、香奈の呼吸が小さくなっていくんだ。香奈が死ぬ瞬間の音を聞いていて、何もできなかったおれの気持ちが、お前らに分かるか？」

大地は、早口にまくし立てながら泣いていた。

しゃくり上げ、肩を震わせ、流れる涙を拭《ぬぐ》うこともなく、泣いていた。

晴香は、発する言葉を失った。

今の大地にかける言葉など、晴香が持ち合わせているはずがなかった。

「一つ、聞かせて下さい」

泣いている大地を見下ろしながら八雲が言った。

大地は、涙に濡《ぬ》れた目で見上げる。

「こんな回りくどい方法を取ったのはなぜですか？」

八雲の疑問はもっともだ。

大地はなぜ、メッセージを込めた呪いのビデオを撮影し、坂本たちに観せるなどという方法を使ったのだろう？

「香奈のことを思い出して、反省して、苦しんでくれれば、それでよかった……」

大地が、がくりと肩を落としながら言う。

——そういうことか。

あの映像を観せ、自分たちの行いを思い起こさせ、懺悔《ざんげ》の念を抱かせるのが大地の目的だったというわけだ。

でも——。

「だとしたら、何で坂本さんや、あさみを拉致したんですか？」

大地の言葉と、その行動は合致していない。

「あいつら、映像を観ても、何も思い出さなかった。まるで、なかったみたいに振る舞ったんだ。だから……」

大地は、ぎゅっと自らの拳《こぶし》を固く握った。

その言葉を聞き、晴香はあさみから、相談を持ちかけられたときのことを思い返した。

あさみは、怖がっていたし、不気味に思っていたが、映像に隠されたメッセージに気づいてはいなかった。

もし、気づいていれば、晴香のところに相談を持ちかけたりしないはずだ。

復讐をしようとした大地にも問題はあるが、自分たちのせいで、一人の女性が死んでいるのに、そのことを振り返りもしない坂本やあさみのことを思うと、背筋が凍るほど怖かった。

人は、そこまで他人に無関心になれるのだろうか？

晴香には、到底理解できない感覚だ。

だが――。

「だからって、殺したりは違うと思います」

晴香が主張すると、八雲は呆《あき》れたように頭《かぶり》を振った。

「勝手に殺すな」

八雲は、そう言うが、今の流れからして、そういう解釈をしても仕方ないと思う。

「で、二人はどこにいるんです？」

続けて八雲が訊《たず》ねると、大地は、廊下の反対側にある鉄製の扉を指差した。

「後藤さん」

八雲が声をかけると、後藤は「おう」とかけ声を上げ、扉を塞《ふさ》いでいる閂《かんぬき》を外し、勢いよく開けた。

そこには、坂本とあさみが倒れていた。

二人ともロープで縛られ、猿轡《さるぐつわ》をされ、拘束された状態だった。身じろぎもしないのが気にかかる。

後藤は、素早く二人にかけより、色々と検分する。

「大丈夫だ。気を失っているだけだ」

後藤が、ぐっと親指を立てる。

ほっとしたものの、逆に分からなくなった。

「どうして、こんなところに監禁したの？」

「知って欲しかった——そうでしょ」

八雲が大地に視線を向けると、彼は小さく頷《うなず》いた。

「知って欲しかった？」

「そうだ。身動きが取れず、暗闇の中、一人で死を待つというのが、どんな思いなのか、分からせたかったんだよ」

「そっか——」

晴香は、唇を嚙《か》み俯《うつむ》いた。

大地のやったことは、許されることではないが、少しでも香奈の苦しみを分からせたいという気持ちは、分からないでもない。

「あなたに、一つ伝えなければならないことがあります」

八雲は、改まった口調で大地に言う。

大地は「え？」という顔で、八雲を見上げる。

八雲が「石井さん」と合図すると、石井は、ポケットの中からICレコーダーのようなものを取り出す。

八雲はそれを受け取り、大地に手渡した。

何のことか分からず、呆然《ぼうぜん》としている大地に、八雲が説明を始める。

「あの映像のノイズに混じって、妙な音が入っていたんです。ミキサーを使って、その音声を抽出したのが、それです」

大地は、戸惑いながらも、そのICレコーダーの再生ボタンを押す。

雨音のようなノイズが流れる中、女の声が聞こえてきた。

〈大地。お願い……もう、止めて〉

晴香は、その声に聞き覚えがあった。

図書館で呪いのビデオを観たときに聞いた声だ。

「これは、香奈さんの願いです」

「おれは……」

大地が喘《あえ》ぐ。

「もう一つ、香奈さんから伝言があります。私のこと、忘れないでね——と」

八雲が言い終わるなり、大地はＩＣレコーダーを抱き締めるようにして泣いた。それは、魂を磨《す》り減らすような泣き声だった。

13

晴香は廃病院の前に立って、走り去って行くパトカーと救急車を見送った。

パトカーには、大地が乗っている。救急車で搬送されていくのは、救出された坂本とあさみだ。

幸いにして二人は、衰弱はしているものの、命に別状はないということだ。

——これで終わった。

そう思った晴香だったが、まだ燻《くすぶ》っている疑問があることに気づいた。

「ねぇ。どうして、大地さんが怪しいと思ったの？」

八雲がどの段階で、大地を怪しいと思ったのかが、さっぱり分からない。

「簡単な話だ。坂本さんの場合も、藤本さんの場合も、連れ去られたとき、部屋の鍵《かぎ》は開いていた。それはなぜか？」

「そういえばなぜなの？」

「自分で開けたんだ。誰かが訪ねて来て、自分で鍵を開けて招き入れたってところだろう」

「どういうこと？」

「つまり、藤本さんは、君に電話をしたとき、幽霊の件で動揺していた。赤の他人や、事情を知らない人なら、家には入れなかっただろう」

「そうか。大地さんは、同じサークルで、心霊現象を知っている人物だった」

「そういうこと。まあ、最初から彼だと分かっていたわけではないが、同じサークルの中の誰かだろうという目星は付けていた。だから、一度集まってもらったんだ」

学食での会話のことを言っているのだろう。

「あのとき、大地さんが怪しかったってこと？」

「ああ。幽霊を見たかどうかって話のとき、彼は曖昧《あいまい》な返事をした。あれは、どう答えれば誤魔化せるか、悩んだ末の回答だった」

——そういうことか。

納得しかけた晴香だったが、まだ分からないことがある。

「その幽霊は、香奈さんの幽霊だったってことね？」

「違う」

「でも、坂本さんも、あさみも、幽霊を見てるんだよ」

「幽霊を演じた人がいるんだよ」

「演じた人？」

「分からないか？」

「全然分からない」

晴香が力強く言うと「自慢するな」と怒られた。

「ぼくは、誰にメールを打つように言った？」

「ナツキさん」

廃病院に行く前、八雲の指示で、ナツキに〈坂本さんとあさみの行き先の目処《めど》がついたので、例のビデオの撮影場所に行きます〉という内容のメールを打った。

「その結果、君は彼に襲われたわけだ」

「それってつまり……」

「そう。彼とナツキさんは共犯だった」

「どうして？」

「それは、本人から聞いた方がいい。そこにいるんでしょ――」

八雲が呼びかけると、廃病院の建物の陰から、ナツキがゆっくりと歩み出た。

顔面蒼白《そうはく》といった感じで、酷《ひど》くやつれて見える。

「友だちだったんです……」

ナツキが、か細い声で言う。

「ナツキさん」

「香奈は、一番仲のいい友だちで、私もあの飲み会にいたんです。坂本さんと、あさみが、無理矢理香奈にお酒を呑《の》ませていて……。私、それを見ていて、止められなかったんです……」

ナツキは、悔しそうに固く瞼《まぶた》を閉じた。

彼女の中にある怒りは、おそらく自分自身に向けられているのだろう。

「二次会に行くってときも、立てない状態の香奈を見て、一緒に帰ろうとしたんですけど、坂本さんに、そんな奴、放っておけって言われて、置いてきてしまった……」

「そんなに自分を責めないで」

晴香は、ナツキの肩に手を置いた。

「責めたくもなります。だから、せめてもの罪滅ぼしに、大地君に真実を話したんです」

「そして、この計画が持ち上がった」

八雲の言葉に、ナツキが頷いた。

その先は、言わなくてもだいたい分かる。おそらく、坂本とあさみの前に現れた幽霊は、ナツキが演じたものだったのだろう。

そうやって、坂本とあさみに、自分たちの罪を思い出させようとした。

晴香が打ったメールの内容を見て、慌てたナツキは、大地に相談をした。大地は、ことが露見する前に、何とかしようと晴香を襲ったというわけだ。

殺す気はなかったが、坂本とあさみが、改心するまでは、晴香を同じ場所に監禁しておくつもりだったのかもしれない。

「あなたは、これからどうするんですか？」

八雲が問うと、ナツキはすっと顔を上げた。

迷いが吹っ切れたような、清々《すがすが》しい表情だった。

「私、間違っていました。こんな方法では、罪滅ぼしになりません。自分のやったことはもちろんですけど、ちゃんとあの日のことを警察に話します」

「それがあなたの結論なら」

八雲の言葉に、ナツキは深々と頭を下げ、そのまま歩き去って行った。

今度こそ、本当に終わった——そう思った晴香だったが、すぐに思い直した。

大地にしても、ナツキにしても、まだ何も終わってはいない。晴香も、一度、関わった人間として、最後まで見届ける必要がある。そう感じた。

八雲が、ゆっくりと歩き出す。

その後に続いた晴香だったが、ふとある疑問に行き当たった。

「ねえ。何で香奈さんは、死ぬ前に、大地さんに電話したの？」

自分が命の危機に瀕《ひん》しているのだ。救急車を呼ぼうと考えたりしなかったのだろうか？

「人は、死を意識したとき、助かりたいと思う気持ちもあるだろうが、同時に愛する人にすがりたいとも考える」

「そうかも……」

晴香も、大地に襲われたとき、警察や救急ではなく、心の内で別の人に助けを求めた。

それを思い返し、急に顔が熱くなる。

「何を、ぼさっとしている。さっさと行くぞ」

八雲は、晴香の心情などお構いなしに、足早に歩いて行く。

「待ってよ！」

晴香は、自分の気持ちに蓋《ふた》をして、八雲を追いかけた。

その後

EPILOGUE

晴香は、緊張を抱えながら椅子に腰掛けた――。

演奏会は、これまで何度も経験しているが、いつまで経っても慣れることがない。

スポットライトの当たったステージから、客席に目を向ける。

客席は暗転していて、人が入っているのは分かるが、誰がいるのかまで確認することはできない。

一応、八雲にも報《しら》せてみたが、最後まで返事は曖昧《あいまい》なままだったので、実際に来ているかどうかは定かではない。

きっと、八雲の性格だから、演奏会を聴きに来ることはないだろう――と思う反面、もしかしたらという期待があるのも事実だ。

こんなもやもやを抱えるくらいなら、八雲からちゃんと返事をもらっておけば良かったと思うが、あとの祭りだ。

晴香は、同じ列の端に座っている渡辺に目を向けた。

他の学生たちが、譜面の最終チェックをしたり、楽器の調整をしている中、渡辺は、しきりに客席を気にしていた。

おそらく、晴香と同じ想いを抱えているのだろう。

あのときアキが返した封筒の中身は、きっと今日の演奏会のチケットだったのだろう。渡辺は気を揉《も》んでいるようだが、アキは客席にいるはずだ。根拠はないが、そんな気がしていた。

晴香が、余計なことに考えを巡らせている間に、舞台袖《そで》から入場して来た指揮者が、拍手で迎えられる。

指揮者が、全員に起立を促す。

晴香はタイミングを合わせて立ち上がり、客席に向かって一礼をする。

座り直したところで、晴香はふっと息を吐いた。

いつまでも、余計なことを考えていてはダメだ。今は、演奏に集中しないと。

今回は、色々とあったせいで、練習を休みがちだったので、正直、あまり自信がない。

だが、聴きに来てくれている人には、そんなことは関係ない。

それに、オーケストラの演奏なのだから、自分だけのミスでは済まされない。今は、精一杯やろう。

晴香が覚悟を決めるのを待っていたかのように、指揮者がタクトを構えた。

ふっと一斉にブレスの音がする。

緊張はあるが、晴香は、いよいよ演奏が始まるという、この瞬間が好きだった。

指揮者がタクトを振り演奏が始まった。

×　　×　　×

演奏を終えた晴香は、楽器を持ったまま談笑する学生たちを尻目《しりめ》に、手早く楽器の片付けを始めた。

演奏自体は無事に終わった。

だが、学園祭の演奏会ということで組み込まれた、ダンスのパートが散々だった。

元々、晴香は身体を動かすのが得意ではない上に、練習不足が祟《たた》った。

振り付けは覚えていたが、自分でも分かるくらいギクシャクした動きになっていた。

何とかしようと慌てるあまり、晴香は自分の足が絡まり、転倒するという大失態を演じた。

客席からは、どっと笑いが起きたが、晴香は顔から火が出る思いだった。

「小沢さん、目立ってたね」

「見事な転びっぷりだったよ」

舞台袖に引き揚げたとき、サークルメンバーに、いいようにいじられた。

本当に、最悪だ――。

そもそも、オーケストラサークルなのに、テレビドラマで流行《はや》った、謎のダンスを踊らせる方がいけない。

しかも、猫耳まで着けさせて——だ。

毎年のことなのに、今さらのように責任回避をしてしまう。

演奏が始まる前には、八雲が来てくれているか気になっていたが、今は来ていないことを切に願っていた。

片付けを終えた晴香は、「お先しまーす」と、控え室をあとにした。

そのとき、また転倒の一件をからかわれたが、苦笑いで逃げた。

腕時計に目をやる。

もう、あまり時間がない。

このあと、大講堂で上演される演劇サークルの公演を観に行くことになっている。

結構、ギリギリのタイミングだ。

駆け足で、大講堂に向かっていた晴香は、中庭の前でふと足を止めた。

アキの姿を見かけたからだ。

初めて、晴香が見たときと同じように、ベンチに腰掛けている。その隣にいるのは、渡辺だった。

渡辺は、まだ楽器を手に持ったままだった。

演奏を終えるなり、聴きに来ていたアキを追いかけたのだろう。

二人が、何を話しているのかまでは聞こえなかったが、アキの顔には、わずかに笑みが浮かんでいた。

何だかほっとして、晴香も自然に笑みが零《こぼ》れた。

おっと——こんなところで、呆《ほう》けている場合ではない。間に合わなくなってしまう。

晴香は、慌てて大講堂に向かう。

八雲が既に、エントランスの前で待っていた。

「遅い」

晴香の姿を見るなり、八雲が溜息《ためいき》交じりに言った。

「ごめん」

素直に詫《わ》びた晴香だったが、ふと馴染《なじ》みの顔を見つけて「おや？」と思った。

八雲の隣には、後藤と石井の姿があった。

後藤は「おう」と軽く手を上げ、石井は「晴香ちゃーん」と間延びした声を上げる。

「後藤さんと石井さんも、来たんですか？」

「ああ。色々と振り回されたからな。どんなもんか、観ておこうと思ってな」

晴香の問いに、後藤が答える。

確かに、後藤たちは演劇サークルにまつわる事件で、色々と尽力してくれた。その後が気になるのは当然だろう。

納得すると同時に、失念していた疑問が浮かんだ。

「そういえば、飯田さんはどうなったんですか？」

飯田は、意図的にセットを転倒させ、智子に怪我を負わせた張本人だ。

「今は、素直に自供しているよ。傷害罪ってやつだな」

「それは良かった」

「それから、大地って奴も、近々送検されることになる」

「そうですか……」

何だか、やりきれない気持ちになった。

大地は恋人を殺されたようなものだ。その恨みと哀しみは痛いほどに分かる。だが、報復という間違った手段に出てしまった。

罰せられることが必要なのは、確かだが、どうにも後味の悪さがある。

「あと、坂本と藤本の二人は、保護責任者遺棄致死罪に問われることになると思う」

「え？」

「大地とナツキって学生の証言があるし、本人たちも、それを認める供述をしている」

後藤の説明を聞き、少しだけ気分が晴れた気がした。

彼らが罪に問われることもそうだが、何より自供しているのだから、贖罪《しょくざい》の思いがあるのだろう。

それが、せめてもの救いのような気がした。

「いつまでグダグダしてるんです？」

八雲に促され、そうだったと思い出す。早く行かなければ、演劇が始まってしまう。

急いで大講堂の中に足を運んだ。

座席は指定ではない。入場が遅くなったせいで、一番後ろの席になってしまったが、幸いにして、四人で並んで確保することができた。

八雲が一番通路側。その隣に晴香。その横に石井、後藤が座った。

「晴香ちゃんのサークルは、演奏会とかやらないんですか？」

落ち着いたところで、石井が訊《たず》ねてきた。

忘れていたことが、ふっと脳裏に蘇《よみがえ》る。

「あっ、もう終わりました」

「そうですか……。ぜひ、聴きに行きたかったです……」

石井は、残念そうに項垂《うなだ》れる。

だが、あんな惨状は、とても見せられたものではない。

「石井さんは、聴きに行かなくて良かったですよ」

八雲が、ぽつりと言う。

石井は「どうしてです？」と聞き返す。

「いい歳して、猫耳を着けた上に、目を覆いたくなるようなダンスを披露した挙げ句、盛大に転んだんですからね——」

——来てたんだ！

八雲が来てくれていたことに、喜びはあった。だが、同時に、あの姿を見られた恥ずかしさが込み上げる。

「違うの。あれは……」

言い訳をしようとした晴香だったが、八雲が「しっ――」と人差し指を口の前に立てて制した。

客席が暗転する。

色々と気になることはあるが、今は演劇に集中しよう。晴香は、ステージに目を向けた――。

あとがき

『心霊探偵八雲　ANOTHER　FILES　亡霊の願い』を読んで頂き、ありがとうございました。

「心霊探偵八雲」のシリーズも、本作で十四作目になります。

こうやってシリーズを書き続けられるのは、ひとえに作品を愛して下さる皆様のお陰です。この場を借りて、お礼申し上げます。

本当に、ありがとうございます。


今回、八雲シリーズにしては珍しく、短編連作の形式を取っています。

当初は、様々な媒体で書いてきたショートストーリーをまとめて、一冊の本にしようという企画でした。

ただ、ショートストーリーをまとめるだけだと、読み応《ごた》えがないので、短編の八雲を書き下ろしで収録することになり、打ち合わせを進めていったのですが、それが大いに盛り上がりました。

短編作品は、長編とは異なるリズムがあります。短編でしか書けない物語が、沢山あることに気づかされました。

そこで、急遽《きゅうきょ》予定を変更し、「野性時代」で短編の連載をさせて頂くことになり、執筆を始めたのですが、これが本当に楽しかった。

自分でも驚くくらい筆が進み、一気に書き上げたといった感じです。

思えば、「心霊探偵八雲」の第一作目は、短編の連作でした。

書いていて、自然と初めて書いたときのことを思い返していたのかもしれません。

これからも、継続的に「心霊探偵八雲」の短編を書いていきたいな——などと考えています。

もちろん、途中で企画が変わったことで、保留になってしまったショートストーリーも、いつか本にしようと画策していますので、こちらも楽しみにしていて下さい。

待て！　しかして期待せよ！

平成二十九年　冬　　　　　　　　　　神　永　学

初出

ファイルⅠ　劇場の亡霊　「小説 野性時代」２０１６年11、12月号
ファイルⅡ　背後霊の呪い　「小説 野性時代」２０１７年１、２月号
ファイルⅢ　魂の願い　書き下ろし
その後　書き下ろし

心《しん》霊《れい》探《たん》偵《てい》八《や》雲《くも》

ANOTHER《アナザー》 FILES《ファイル》 亡霊《ぼうれい》の願《ねが》い

神《かみ》永《なが》 学《まなぶ》

平成29年 2月25日　初版発行

発行者●郡司 聡

発行●株式会社KADOKAWA
〒102-8177　東京都千代田区富士見2-13-3
電話　0570-002-301（カスタマーサポート・ナビダイヤル）
受付時間 9:00～17:00（土日 祝日 年末年始を除く）
http://www.kadokawa.co.jp/

角川文庫 20215

印刷所●株式会社暁印刷　製本所●株式会社ビルディング・ブックセンター

表紙画●和田三造

ISBN978-4-04-104236-6　C0193

角川文庫発刊に際して

角川源義

第二次世界大戦の敗北は、軍事力の敗北であった以上に、私たちの若い文化力の敗退であった。私たちの文化が戦争に対して如何に無力であり、単なるあだ花に過ぎなかったかを、私たちは身を以て体験し痛感した。西洋近代文化の摂取にとって、明治以後八十年の歳月は決して短かすぎたとは言えない。にもかかわらず、近代文化の伝統を確立し、自由な批判と柔軟な良識に富む文化層として自らを形成することに私たちは失敗して来た。そしてこれは、各層への文化の普及滲透を任務とする出版人の責任でもあった。

一九四五年以来、私たちは再び振出しに戻り、第一歩から踏み出すことを余儀なくされた。これは大きな不幸ではあるが、反面、これまでの混沌・未熟・歪曲の中にあった我が国の文化に秩序と確たる基礎を齎らすためには絶好の機会でもある。角川書店は、このような祖国の文化的危機にあたり、微力をも顧みず再建の礎石たるべき抱負と決意とをもって出発したが、ここに創立以来の念願を果すべく角川文庫を発刊する。これまで刊行されたあらゆる全集叢書文庫類の長所と短所とを検討し、古今東西の不朽の典籍を、良心的編集のもとに、廉価に、そして書架にふさわしい美本として、多くのひとびとに提供しようとする。しかし私たちは徒らに百科全書的な知識のジレッタントを作ることを目的とせず、あくまで祖国の文化に秩序と再建への道を示し、この文庫を角川書店の栄ある事業として、今後永久に継続発展せしめ、学芸と教養との殿堂として大成せんことを期したい。多くの読書子の愛情ある忠言と支持とによって、この希望と抱負とを完遂せしめられんことを願う。

一九四九年五月三日

角川文庫ベストセラー

角川文庫ベストセラー

心霊探偵八雲
ANOTHER FILES　祈りの柩
神永　学

大学生の佐和子は、恐ろしい噂がある泉でずぶ濡れの女の幽霊を目撃してから、謎の歌を口にし始める――。八雲に持ち込まれた幽霊騒動は、語られることのなかった後藤刑事の過去へとつながっていた!?

心霊探偵八雲9
救いの魂
神永　学

刑事を懲戒免職になり、心霊専門の探偵を始めた後藤に持ち込まれたある相談。そのころ、樹海では大学生が腐敗した遺体を発見し――!? 八雲に迫る最大の危機、物語はシリーズ最高のクライマックスへ！

怪盗探偵山猫
神永　学

現代のねずみ小僧か、はたまた単なる盗人か!? 痕跡を残さず窃盗を繰り返し、悪事を暴く謎の人物、その名は〝山猫〟。神出鬼没の怪盗の活躍を爽快に描く、超絶サスペンス・エンタテインメント。

怪盗探偵山猫
虚像のウロボロス
神永　学

天才ハッカー〈魔王〉が偶然手に入れた携帯番号は、悪事に天誅を下す謎の集団〈ウロボロス〉につながっていた。〈魔王〉と〈ウロボロス〉、そして〈山猫〉、三つ巴の戦いが始まる。最後に生き残る正義とは？

確率捜査官　御子柴岳人
密室のゲーム
神永　学

世田町署、薄暗い地下一階の廊下の突きあたりにある《特殊取調対策班》。イケメン毒舌天然数学者・御子柴岳人がクールで鮮烈、華麗な推理で容疑者の心理に迫る、前代未聞の取り調べエンターテインメント！

角川文庫ベストセラー

コンダクター
神永 学

毎夜の悪夢、首なしの白骨、壊れ始める友情、怪事件を狂信的に追う刑事。音楽を奏でる若者たちの日常が、一見つながりのない複数の出来事が絡み合い崩壊の道をたどる……!? 驚異の劇場型サスペンス!

本をめぐる物語 小説よ、永遠に
神永 学、加藤千恵、島本理生、椰月美智子、海猫沢めろん、佐藤友哉、千早 茜、藤谷 治
編/ダ・ヴィンチ編集部

人気シリーズ「心霊探偵八雲」の中学時代のエピソード「真夜中の図書館」、物語が禁止された国に生まれた子どもたちの冒険「青と赤の物語」など小説が愛おしくなる8編を収録。旬の作家による本のアンソロジー。

硝子のハンマー
貴志祐介

日曜の昼下がり、株式上場を目前に、出社を余儀なくされた介護会社の役員たち。厳重なセキュリティ網を破り、自室で社長は撲殺された。凶器は? 殺害方法は? 推理作家協会賞に輝く本格ミステリ。

僕とおじいちゃんと魔法の塔 1~6
香月日輪

お化け屋敷のような不思議な塔。幽霊のおじいちゃんと暮らし始めた僕だけど、その塔には、はた迷惑な住人がどんどんやってきて!? 僕とおじいちゃんのびっくりするような毎日を描いた大人気シリーズ!!

GOSICK —ゴシック— 全9巻
桜庭一樹

20世紀初頭、ヨーロッパの小国ソヴュール。東洋の島国から留学してきた久城一弥と、超頭脳の美少女ヴィクトリカのコンビが不思議な事件に挑む——キュートでダークなミステリ・シリーズ!!

角川文庫ベストセラー

魔神館事件
夏と少女とサツリク風景
椙本孝思

一本の電話により、「魔神館」と呼ばれる館の落成パーティーに参加することになった高校生の白鷹黒彦。そこで起こる凄惨な殺人事件。不思議な少女・果菜とともに謎に立ち向かう黒彦だが――!?

退出ゲーム
初野晴

廃部寸前の弱小吹奏楽部で、吹奏楽の甲子園「普門館」を目指す、幼なじみ同士のチカとハルタ。だが、さまざまな謎が持ち上がり……各界の絶賛を浴びた青春ミステリの決定版、〝ハルチカ〟シリーズ第1弾!

つくもがみ貸します
畠中恵

お江戸の片隅、姉弟二人で切り盛りする損料屋「出雲屋」。その蔵に仕舞われっぱなしで退屈三昧、噂大好きのあやかしたちが貸し出された先で拾ってきた騒動とは!? ほろりと切なく温かい、これぞ畠中印!

ナミヤ雑貨店の奇蹟
東野圭吾

あらゆる悩み相談に乗る不思議な雑貨店。そこに集う、人生最大の岐路に立った人たち。過去と現在を超えて温かな手紙交換がはじまる……張り巡らされた伏線が奇蹟のように繋がり合う、心ふるわす物語。

万能鑑定士Qの事件簿
(全12巻)
松岡圭祐

23歳、凜田莉子の事務所の看板に刻まれるのは「万能鑑定士Q」。喜怒哀楽を伴う記憶術で広範囲な知識を有す莉子は、瞬時に万物の真価・真贋・真相を見破る! 日本を変える頭脳派新ヒロイン誕生!!

角川文庫ベストセラー

ロマンス小説の七日間　三浦しをん

海外ロマンス小説の翻訳を生業とするあかりは、現実にはさえない彼氏と半同棲中の27歳。そんな中ヒストリカル・ロマンス小説の翻訳を引き受ける。最初は内容と現実とのギャップにめまいものだったが……。

高校入試　湊かなえ

名門公立校の入試日。試験内容がネット掲示板で実況中継されていく。遅れる学校側の対応、保護者からの糾弾、受験生たちの疑心。悪意を撒き散らすのは誰か。人間の本性をえぐり出した湊ミステリの真骨頂！

校閲ガール　宮木あや子

ファッション誌編集者を目指す河野《こうの》悦子《えつこ》が配属されたのは校閲部。担当する原稿や周囲ではたびたび、ちょっとした事件が巻き起こり……読んでスッキリ、元気になる！　最強のワーキングガールズエンタメ。

幻獣少年キマイラ　夢枕　獏

時折獣に喰われる悪夢を見る以外はごく平凡な日々を送っていた美貌の高校生・大鳳吼。だが学園を支配する上級生・久鬼麗一と出会った時、その宿命が幕を開けた——。著者渾身の〝生涯小説〟、ついに登場！

氷菓　米澤穂信

「何事にも積極的に関わらない」がモットーの折木奉太郎だったが、古典部の仲間に依頼され、日常に潜む不思議な謎を次々と解き明かしていくことに。角川学園小説大賞出身、期待の俊英、清冽なデビュー作！